Lendas do deserto

Obras do autor

A caixa do futuro

A história da onça que queria acordar cedo

A pequenina luz azul

Amor de beduíno

Aventuras do rei Baribê

Céu de Alá

Lendas do bom rabi

Lendas do céu e da terra

Lendas do deserto

Lendas do oásis

Lendas do povo de Deus

Maktub!

Matemática divertida e curiosa (Prof. Júlio César de Mello e Souza)

Meu anel de sete pedras

Mil histórias sem fim (2 volumes)

Minha vida querida

Novas lendas orientais

O homem que calculava

O livro de Aladim

O rabi e o cocheiro

O tesouro de Bresa

Os melhores contos

Os sonhos do lenhador

Salim, o mágico

Malba Tahan

Lendas do deserto

Ilustrações de Lu Martins

23ª edição

EDITORA RECORD
RIO DE JANEIRO • SÃO PAULO

2025

CIP-BRASIL. CATALOGAÇÃO-NA-FONTE
SINDICATO NACIONAL DOS EDITORES DE LIVROS, RJ

Tahan, Malba, 1895-1974
T136L Lendas do deserto / Malba Tahan. – 23ª ed. – Rio de Janeiro:
23ª ed. Record, 2025.

ISBN 978-85-01-09529-9

1. Conto brasileiro. I. Título.

CDD: 869.93
11-6609 CDU: 821.134.3(81)-3

Projetos de miolo e capa elaborados a partir de projeto original de Ana Sofia Mariz

Texto revisado segundo o novo Acordo Ortográfico da Língua Portuguesa

Impresso no Brasil

ISBN 978-85-01-09529-9

Sumário

Malba Tahan

Em torno da vida misteriosa do escritor árabe Malba Tahan, têm sido feitas várias pesquisas. Sabe-se apenas, por informações um pouco vagas, que Ali Yezid Ibn Salim Hank Malba Tahan viveu em Meca depois de haver permanecido doze anos em Manchester, onde o pai exercia a honesta profissão de vendedor de vinhos. Tendo visitado a Rússia antes da guerra num bando nômade de saltimbancos, desaparece, como por encanto, ressurgindo na Pérsia, na Índia, em Xangai e finalmente — quem diria — no Brasil.

A despeito da vida solitária que o evocador de Céu de Alá *vai levando na nossa cidade, algumas pessoas o conhecem através da fatiota moderna e do nome postiço. Conhecem-no, mas apenas ligeiramente. Eu, entretanto, que tenho a honra de privar a intimidade desse árabe estranho de grandes olhos pestanudos, julgo de meu dever acrescentar alguma coisa à sua enevoada biografia.*

A nossa convivência é tão íntima que ainda há poucos dias ele teve a franqueza de mostrar-me, à altura do peito, um pouco acima do coração, a cicatriz que uma lança lhe abrira quando em julho de 1921, nos arredores de El-Riad, lutava como um novo Antar do século XX pela liberdade de uma pequena tribo perdida na Arábia Central. Não me envergonho de confessar que poucos homens tenho encontrado, na vida, com o poder de imaginação, a graça e sentimentalismo desse excêntrico esbanjador de moedas de ouro. Quando nos serões de sua casa solitária, me fala das coisas e da gente do seu país, parece que Alá derrama sobre os seus olhos a doçura de todas as carícias e põe nas suas palavras a magia dos grandes ensinamentos. É lírico e heroico ao mesmo tempo. Dá gosto ouvi-lo, como encanta ler os contos que ele derrama de mancheias.

Lembro-me, como se fosse hoje, da noite em que nos encontramos. Não tenho autorização para declinar o nome de quem nos aproximou. Ouso apenas dizer que foi uma mulher, sua companheira de viagem e minha velha amiga. Creio que havia entre ambos mais do que a camaradagem de alguns dias de bordo, porque ela, caminhando ao nosso lado pela avenida Beira-Mar, não podia esconder a emoção com que ouvia as histórias que ele contava.

Quando nos despedimos, Malba Tahan, dando-me a larga mão nervosa, disse:

— Quando Alá quer bem a um dos seus servidores, abre para ele as portas da Inspiração!

Desde essa noite, esse árabe estranho caminha comigo na vida...

As caravanas que passam não se apercebem de nós. Em compensação, Alá não conversa com elas e conversa conosco, espalhando no manto da noite, para a alegria dos nossos olhos, uma porção de estrelas maravilhosas.

Olegário Mariano

O Fio da Aranha

(Lenda Hindu)

Kandata, o facínora, tendo expirado sem mostras de arrependimento, foi pela imutável Justiça atirado à região sombria dos eternos suplícios.[1]

Durante muitos séculos suportou indiferente os tormentos do inferno. Um dia, porém, o seu coração empedernido foi tocado por um tênue raio de luz de arrependimento. Ajoelhou-se e implorou, em prece fervorosa, a proteção e misericórdia do Senhor da Compaixão.[2]

---

[1]A região dos eternos suplícios — o inferno.
[2]Senhor da Compaixão — Deus.

No mesmo instante, surgiu-lhe a figura radiosa de um anjo, que lhe disse:

— O Senhor da Compaixão ouviu a prece humilde que acabas de proferir. E aqui estou para salvar-te dos castigos tenebrosos do inferno. Ó Kandata!, no decorrer das tuas vidas anteriores, houve dia que tivesses assistido a uma boa ação tua, por mais pequena que fosse? Ela te ajudaria, agora, livrando-te dos tormentos que, sem tréguas, te afligirão. Mas nunca esperes ver cessados os sofrimentos atuais, consequência do teu passado, se conservares ainda sentimentos de egoísmo e se tua alma guardar ainda a impureza da vaidade, da luxúria e da inveja. Dize-me, ó Kandata!, se queres sair daqui, qual foi, acaso, o ato de bondade que em vida praticaste?

— Pelo Deus de Misericórdia! exclamou Kandata, cheio de profunda humildade e tristeza — jamais pratiquei em minha vida passada qualquer ato digno ou louvável. A minha existência foi um rosário interminável de crimes e infâmias de toda espécie!

— Kandata! — continuou o anjo. — Procura rememorar miudamente todas as ações do teu negro passado! Basta um ato verdadeiramente bom de tua parte, um só, para que obtenhas o perdão de Deus! Alguma vez socorreste com a esmola o desprotegido da sorte?

— Nunca! — murmurou Kandata, com voz sucumbida.

— Algum dia — prosseguiu o anjo — tiveste uma palavra de consolo ou de bondade para os aflitos e desesperados?

— Nunca!

— Não te moveram, uma só vez, à piedade, os enfermos, nem dispensaste qualquer proteção aos fracos e infelizes?

— Nunca! — soluçava Kandata, com o desespero dos arrependidos.

— E para com os animais, nossos irmãos inferiores? — insistiu ainda o anjo. — Trataste com crueza, impiedosamente, todos os seres fracos do mundo?

— Deus seja louvado! — exclamou Kandata. — Lembro-me de que, certa vez, ao atravessar um bosque, vi uma pequenina aranha que procurava esconder-se sob a relva. "Não pisarei esta pobre aranha", pensei, "porque é fraca e inofensiva". Desviei o passo, a fim de poupar a vida ao mísero e tímido animalzinho. Teria sido esta uma ação agradável aos olhos do Criador?

— Feliz que és, Kandata — respondeu o anjo. — Esse pequeno ato de bondade que acabas de recordar é, sem dúvida, suficiente para salvar-te do inferno; e é a própria aranha do bosque que, em breve, te proporcionará — pela vontade divina — o meio único de salvação. Da altura infinita do céu, a aranhazinha vai lançar-te um fio; por ele poderás subir até ao seio do Onipotente!

E, isto dizendo, o anjo desapareceu.

Quase no mesmo instante viu Kandata, com grande assombro, que um fio de aranha descia das alturas divinas até ao fundo do abismo negro que o torturava. Aquele fio, de enganadora fraqueza, representava para ele a salvação, a tão sonhada ventura! Estaria, para sempre, livre dos suplícios indizíveis do inferno!

Sem hesitar, Kandata agarrou-se a ele e começou a subir. Sentiu desde logo que o fio — pela vontade do Onipotente — era forte e lhe sustentava perfeitamente o peso do corpo, que balouçava no espaço.

De repente, porém, em meio da escalada, lembrou-se o bandido de olhar para baixo e notou que os seus companheiros de infortúnio procuravam também, à porfia, salvar-se da região dos tormentos, subindo pelo mesmo fio.

Com certeza não poderá tão delgado fiozinho suportar o peso dessa gente toda — pensou Kandata apavorado.

E, instigado pelo terrível egoísmo, desejando apenas a própria liberdade — sem lhe importar a desgraça alheia — gritou para os infelizes que já se agarravam, penca infernal, ao fio salvador:

— Larguem, miseráveis! Larguem, que este fio é só meu!

No mesmo instante partia-se o fio da aranha e Kandata era para sempre restituído às profundezas em que tanto tempo sofrera tão duros castigos!

O fio salvador, forte bastante para levar ao céu milhares de criaturas arrependidas de seus crimes, rompera-se ao sofrer o peso do egoísmo que a maldade insinuara num coração!

O Tesouro do Condenado

(Lenda Oriental)

O rio Jelam, cujo leito, em grande trecho, é avermelhado e cheio de pedrinhas pretas, banhava outrora um pequenino país que se chamava Tamir.

Os mapas já não assinalam o nome de Tamir, que foi excluído, por completo, dos compêndios de geografia e o motivo dessa exclusão será, mais tarde, explicado pelos historiadores.

A verdade, porém, é que o trono de Tamir foi ocupado durante vários anos por um rei poderoso e rico chamado Astor.

O rei Astor celebrizou-se por um triste defeito que o tornara detestado pelo seu povo.

Esse soberano era de uma severidade incrível ao julgar os erros e delitos praticados pelos seus infelizes súditos.

Pela menor falta lavrava, sem piedade, uma sentença de morte.

O rei Astor era temido, e, além de temido, odiado.

Ora, surgiu, certa vez, em Tamir, um aventureiro chamado Fanilo, que foi acusado de ter iludido a um dos agentes encarregados da cobrança de impostos.

Fanilo, o tal aventureiro, segundo afirmavam os curiosos, conhecia os segredos da magia e fazia-se passar por médico e físico de fama.

O rei Astor, informado da prisão de Fanilo, determinou que o mago estrangeiro fosse condenado à morte. Já era de esperar a sentença do tirano que não se apiedava, em caso algum, de seus semelhantes.

Fanilo não se perturbou, como em geral acontecia com os prisioneiros, ao saber da decisão do monarca. Mandou dizer ao rei que, se ele fosse perdoado, indicaria o lugar preciso em que se achava enterrada uma grande arca cheia de ouro e pedrarias.

Nada pode conter a ambição de um rei. Ao ouvir falar em tesouro oculto, o rei Astor, sem mais hesitar, aceitou a proposta do prisioneiro e declarou que Fanilo seria posto em liberdade logo que revelasse o esconderijo das espantosas riquezas.

— É forçoso — disse Fanilo — que eu mesmo mostre ao rei o lugar secreto em que se acha o tesouro. E é preciso ainda que Sua Majestade se faça acompanhar, no momento, dos homens de maior prestígio de seu governo.

Com todas as exigências e caprichos do aventureiro concordou o crédulo rei, convencido de que iria conquistar barras de ouro em quantidade suficiente para encher as arcas imensas de seu palácio.

Em dia previamente marcado — vigiado por uma poderosa escolta — deixou Fanilo a prisão e dirigiu-se para um pequeno lago, não muito distante da cidade.

O mago aventureiro era seguido pelo rei Astor e este levava, em sua companhia, o primeiro-ministro, o general (chefe das forças) e o juiz-presidente do Tribunal.

Inútil será dizer que, depois do rei, esses três figurões eram as pessoas de mais prestígio no país.

Ao chegar às proximidades do lago, o misterioso Fanilo fez parar a régia comitiva e, depois de examinar detidamente o terreno, apontou para o chão e disse:

— É aqui, precisamente, que se achava enterrado o imenso tesouro do gênio Romagã.

— É preciso cavar sem demora — ordenou o rei. — Não há tempo a perder. Depressa, soldados! Depressa!

— Perdão, ó rei! — contrariou Fanilo, inclinando-se respeitoso. — O tesouro de Romagã é encantado, e só pode ser descoberto se, na remoção da terra que o cobre, o primeiro golpe de enxada for dado por um homem isento de culpa e que tenha a vida limpa e honesta. Aquele que tiver na consciência o peso de uma falta não poderá iniciar as escavações. Que dê, pois, a primeira enxadada aquele dos presentes que se julgar sem a menor mácula do pecado, pois do contrário o tesouro desaparecerá para sempre.

O rei não se atrapalhou com a exigência do feiticeiro; dirigindo-se ao seu primeiro-ministro, isto é, ao grão-vizir, disse:

— Sois, ó vizir!, um homem digno e honesto. Certo estou de que a vossa vida é um modelo incomparável de virtudes e dedicações. Iniciai, ó vizir!, o trabalho da descoberta do tesouro.

Explicou o grão-vizir, muito triste e humilhado, que não se sentia digno de dar a primeira enxadada. Pesava-lhe na consciência o remorso cruel de uma injustiça que praticara, dois anos antes, contra um funcionário humilde.

O rei apelou então para o general, que trazia o peito coberto de grandes medalhas de todos os feitios e tamanhos. Mas o general esquivou-se. Não podia ferir a terra encantada com a primeira enxadada. Lembrava-se, perfeitamente, de um delito muito grave em que incorrera quando era capitão, delito esse que jamais fora descoberto. O general não tinha as mãos limpas, como convinha, para atender às exigências do gênio que escondera o tesouro.

Que fazer? O soberano, contrariado com as incompatibilidades do vizir e do general, recorreu, enfim, ao juiz que sabia tão bem interpretar leis e lavrar sábias sentenças.

Convidado a dar início ao honroso trabalho da escavação do tesouro, o respeitável juiz, presidente do Tribunal, alegou, também, um sério impedimento. O ilustre magistrado não se julgava digno de iniciar a escavação com a primeira enxadada, pois temia que a sua vida, cheia de erros (erros que ele não podia revelar), fosse causa da perda do inestimável tesouro.

Não havia, afinal, entre os homens de maior prestígio no país, um só que tivesse a vida pura, límpida, acima de qualquer suspeita.

Ao ouvir as escusas formuladas, o inteligente Fanilo aproximou-se do soberano e disse solene:

— Ficou assim demonstrado, ó rei!, que os homens, por mais poderosos que sejam, não estão livres do pecado e das acusações da própria consciência. Deveis, pois, ser tolerante para com aqueles que erram, de modo que os fracos possam corrigir os seus erros e procurar o caminho do bem e da virtude. Os castigos, quando demasiadamente severos, não passam de injustiças e iniquidades.

As palavras do mago impressionaram profundamente o poderoso senhor de Tamir.

Fanilo foi posto em liberdade, e, desse dia em diante, o rei Astor jamais assinou sentença de morte e procurou corrigir, com magnanimidade, aqueles que incidiam no erro ou contrariavam as leis do país.

E, assim procedendo, tornou próspero o seu reino e feliz o seu povo.

Uma Lenda do Deserto

O rio Tifnut, que desce das montanhas de Likun, no interior marroquino, para despejar suas águas barrentas junto à cidade de Agadir Isir, no Mediterrâneo, apresenta em seu longo e acidentado percurso um trecho onde a correnteza esbraveja em espadanadas e cuja travessia é quase impraticável ao mais temerário aventureiro. Ali — dizem os árabes — a morte, com sua máscara de espuma, vem bailar, como louca, à tona d'água. Este sorvedouro começa pouco abaixo do oásis de Tarundant e vai até às proximidades de uma pequena aldeia — denominada El-Kibir — onde foi sepultado, há séculos, o milagroso Simi Ahmed, santo famoso do Islã.[1]

[1]Islã — conjunto de países que seguem a religião fundada por Mafoma. A palavra Islã serve também para designar a religião dos maometanos. Islã, em árabe, significa resignação.

É precisamente entre as velhas aldeias de Tarundant e El-Kibir que o viajante encontra, nas margens do rio impetuoso, uma das curiosidades mais atraentes de Marrocos. É uma pedra alta, negra, lisa, que semelha um dedo gigantesco a apontar eternamente para o céu de Alá.[2] Esse belo monumento da natureza, os indígenas e muçulmanos denominaram Uada — vocábulo que na língua árabe significa "Promessa feita a Deus".

Conta-se, a propósito do rochedo de Uada, que quando o tão ambicionado território de R'arb[3] se achava sob a dominação das legiões romanas, apareceu na Argélia um marroquino que se tornou célebre em razão dos seus grandes conhecimentos de magia e que lhe valeram ascendência notável sobre todos os *djins* e *efrites*[4] que povoavam a região.

Chamava-se Tala-Salem Adafer esse mago.

Refere a lenda, uma das mais curiosas do Oriente, que um dia o poderoso Adafer resolveu fazer uma viagem aos tenebrosos desertos e aos ricos oásis do país dos tuaregues.[5] Antes, porém, de partir, colocou em sete jarros de bronze todas as pedrarias, ouro e joias que possuía, e escondeu o precioso tesouro sob uma grande pedra que se erguia junto ao rio Tifnut. A pedra

---

[2]Alá — Deus. Os árabes designam Alá por quatrocentos e vinte e nove nomes diferentes. Além desses nomes, que são conhecidos, o Deus do islamismo possui um nome oculto (desconhecido), sobre o qual há lendas interessantíssimas.

[3]Denominação que os árabes davam a uma parte do território africano que hoje constitui a Argélia.

[4]*Djins* e *efrites* são gênios sobrenaturais em cuja existência os muçulmanos acreditavam. Atualmente essa crendice só subsiste nas classes incultas. Os *djins* são benfazejos, ao passo que os efrites divertem-se, não raramente, com o mal que podem fazer às criaturas.

[5]*Tuaregues* — Povo nômade de origem berbere que habita o centro e sul do Saara. Os tuaregues falam um dialeto denominado *tomachek*.

era encantada e, semelhante àquela que aparece nas fantásticas aventuras de Ali Babá, só se abria — deixando a descoberto os tesouros do mago — se alguém pronunciasse diante dela certa palavra a que a magia emprestava especial poder.

O sábio ocultista não revelou a quem quer que fosse a palavra encantada que permitia a posse de seus invejáveis bens. Partiu para a longa jornada e — segundo diz a lenda — nunca mais voltou. Fora morto no Saara pelo punhal certeiro dos tuaregues ou pereceu sob as garras de alguma pantera nas planícies africanas. E o tesouro fabuloso ficou, para todos os tempos — no desfilar dos séculos — oculto pela pedra negra, contra a qual o Tifnut espumejava em sua atroadora descida pelas montanhas.

Um dia, dois beduínos[6] em viagem para Tiznit pararam junto à célebre Uada. Sentaram-se despreocupados à sombra do famoso rochedo e puseram-se a conversar enquanto aguardavam a hora da terceira prece muçulmana.

— Qual é o nome do teu camelo? — perguntou um dos beduínos ao companheiro.

— Pelos sete minaretes de Meca! — respondeu o outro. — Ainda não me lembrou um nome digno do meu belo jamal,[7] que, como sabes, descende da célebre camela Niami do califa Al-Mammum!

---

[6]Beduíno — Denominação dada, em geral, aos árabes nômades que vivem na África Setentrional, na Arábia e na Síria. Em certas regiões da Arábia os beduínos chegam a constituir uma quarta parte da população. Adotam os beduínos a mesma religião e os mesmos costumes dos árabes, e, como conservam um amor vivo de independência, são pastores e guerreiros. São de uma valentia que chega à temeridade e, apesar da ignorância profunda em que vivem, amam a poesia e a música.

[7]O camelo constituía a maior riqueza para os árabes. O célebre califa Omar chegou a dizer: *"Sem o camelo, a Arábia não pode prosperar."*

— Se queres apenas um nome — garantiu o primeiro — é fácil tarefa obter um que te agrade. Por que não dás ao teu camelo o apelido de Al-anis?

— Não serve, amigo! É muito vulgar.

— Al-Takkis!

— Não serve, também. É pouco sonoro.

— Al-Jabal! Abyad!

— Já tive um cavalo com esse nome.

E, assim, durante várias horas se entretiveram os dois beduínos: o primeiro a citar uma série infindável de nomes que o outro não aceitava sob diversos pretextos.

De repente, porém, notaram os dois companheiros que, da outra margem do rio, um grupo numeroso de camponeses e viajantes acenava para eles, gritando ao mesmo tempo coisas, que o ruído constante das águas não lhes permitia ouvir.

— Que quererão aqueles homens? — observou, intrigado, um dos beduínos. — Há que tempo estão a gritar e a fazer-nos de lá sinais como se pusessem grande empenho em que os compreendêssemos.

— É curioso! — tornou o outro. — A correnteza do rio impede-os, com certeza, de chegarem até aqui. Parecem aflitos. Por Alá, não sei o que eles querem!

Mal havia o beduíno pronunciado tais palavras, um estrondo medonho abalou o espaço como se a pedra negra e formidável, abalada por um diabólico esforço, tivesse caído, esmagando tudo!

Compreenderam logo os dois aventureiros do deserto o que ocorrera. Durante a longa conversa, um deles, sem querer, havia pronunciado a palavra encantada que permitia abrir, uma única vez, a gruta maravilhosa em que estava o tesouro do mago; como porém estivessem sentados de costas para o rochedo, não haviam dado pela extraordinária revelação. Os pastores da outra margem viram, entretanto, desvendado o segredo da pedra e tudo fizeram para chamar a atenção dos despreocupados beduínos, pedindo-lhes em altas vozes que não pronunciassem o nome de Alá, o Altíssimo, pois iriam, assim, desmanchar o encantamento da palavra mágica e o tesouro ficaria para sempre perdido.

Quantos homens há que, à semelhança dos dois beduínos dessa lenda, têm, por longo tempo, ao alcance das mãos, um invejável tesouro, e nem sequer pressentem o brilho ofuscante de suas raras pedrarias!

O Plantador de Espinhos

Caminhava o xeque Omar Saleque com sua pomposa comitiva, pela estrada de Bagdá, quando avistou um homem que, indiferente ao calor torturante, empenhava-se em revolver a terra ingrata e seca.

Só um louco poderia pensar em cultivar aquele solo arenoso, onde mal podiam medrar as plantas venenosas do deserto.

Aproximou-se o xeque do desconhecido e em tom amistoso perguntou-lhe:

— Por Alá, meu amigo! Que pretendes plantar nestas paragens agrestes que a maldição do céu tornou mais estéril que os vidros de um espelho chinês?

— Deliberei fazer aqui, ó xeque! — respondeu o interpelado — uma plantação de espinhos. Dela espero tirar os recursos necessários para viver!

— Infeliz! — murmurou penalizado o xeque. — O destino roubou-te, por certo, a luz da razão. Só a um demente poderia ocorrer tão disparatada ideia.

Um episódio insignificante serve, muitas vezes, para quebrar a monotonia de uma longa viagem. Disposto, pois, a divertir-se um pouco com aquele maníaco, o xeque perguntou-lhe afetando viva curiosidade:

— Qual é o teu plano para o futuro, ó plantador de espinhos? Que preço esperas alcançar, para o teu rico produto, nos mercados de Basra?

— Não pretendo vender espinhos — retorquiu o árabe. — A minha ideia é muito simples e razoável. Vou expô-la em poucas palavras. — E, depois de pequena pausa, começou: — Por esta estrada passa, de quando em vez, uma caravana. Não é verdade?

— Decerto que sim — concordou o xeque. Duas ou três vezes por ano esta estrada é percorrida pelas caravanas de Basra ou Mossul!

— E é bem possível! — continuou o homem — que uma dessas caravanas transporte grande carregamento de algodão.

— Sim; é possível. De quando em vez toma o rumo de Bagdá uma caravana que traz algodão do Egito.

— É provável, também, que nessa caravana, que conduz algodão, haja um camelo tonto.

— Sim, sim, é provável! — assentiu o xeque. — Em meio de numerosa caravana, lá vem, por vezes, um camelo tonto. É raro, mas acontece.

— É bem possível, portanto, que esse camelo tonto, ao passar junto desses pés de espinho, escorregue e caia. Ao tombar o animal, pode dar-se que se rompa o fardo de algodão. Aberto o fardo e derramado o algodão, é de esperar que muitos pedaços de algodão fiquem presos aos espinhos. Retiro esse algodão e vou vendê-lo no mercado, obtendo, assim, algum dinheiro!

O xeque Omar riu-se estrepitosamente ao ouvir o relato daquele imaginoso plano, e, nessa expansão de alegria, foi imitado pelos amigos que o rodeavam.

— Por Alá — exclamou o xeque — a dúvida substituiu-se em meu espírito pela mais robusta certeza! Ninguém me convenceria, agora, de que não passas, ó plantador, de um triste louco. Procuras assentar o teu futuro numa série de eventualidades bem mais que improváveis: firmas tuas esperanças em vários acasos sucessivos, para os quais não há, dentro do razoável, possibilidade alguma de realização. Quanta coisa imaginaste! A caravana que passa, coisa rara, o algodão, o camelo tonto, a queda do camelo, dando-se precisamente neste lugar, o fardo despedaçado, o algodão nos espinhos... Ah! Ah! É de fazer rir o mais ingênuo beduíno do deserto!

Nesse momento, um dos companheiros de Omar disse-lhe, em voz baixa, muito sério:

— Esse homem prestou-nos, a meu ver, ó xeque!, um inestimável serviço. A nossa viagem para a gloriosa Bagdá apresentava-se, até agora, monótona e sem interesse; esse episódio do plantador de espinhos é originalíssimo e poderá ser contado ao nosso bondoso soberano, Harun-al-Raschid,

Príncipe dos Crentes (Que Alá o conserve!). Teremos, destarte, oportunidade de agradar ao grande emir e dele obter os favores que pretendemos.

— Tens razão, meu amigo — concordou o xeque — esta aventura é digna de ser contada ao generoso Harun-al-Raschid, Comendador dos Crentes. Vou dar a este pobre homem valiosa recompensa.

E, tirando de sua bolsa um punhado de moedas, ofereceu-as ao singular plantador de espinhos.

Com grande surpresa viram todos, porém, o desconhecido recusar o ouro do xeque. E justificou, de modo decisivo, a sua estranha atitude:

— Jurei que só ganharia dinheiro com o algodão dos espinhos. Vejo-me, pois, impedido de aceitar o auxílio dos viajantes ricos e generosos!

Ao chegar a Bagdá o xeque Omar foi recebido pelo califa, e em palestra contou ao poderoso soberano o episódio ocorrido na estrada com o singular plantador do deserto, que recusava até o ouro que lhe ofereciam, na esperança vã de ganhar dinheiro com o algodão preso aos espinhos e fisgado da carga de um camelo tonto que viria, talvez, numa imaginária caravana de mercadores.

— Preciso falar a esse homem! — declarou logo o califa. E mandou imediatamente que os seus oficiais trouxessem à sua presença o visionário da estrada.

Conduzido ao palácio real, o estranho "agricultor" foi interrogado pelo sultão, que ficara, desde logo, tomado de viva curiosidade pelo caso.

O plantador de espinhos, depois de beijar respeitosamente a terra entre as mãos, iniciou o seguinte relato:

— O meu nome, ó Comendador dos Crentes!, é Ahmed Faride. A minha vida tem sido, até agora, uma série de lamentáveis fracassos, porque, mal dou início a uma tarefa, deixo-a de lado para retomar outro trabalho. Não consegui, por amor de meu gênio inconstante, finalizar uma única das obras que encetei. Para corrigir-me desse grave defeito, deliberei pôr ombros a uma empreitada quase impossível e levá-la, sem desfalecimentos, até a completa realização. Imaginei, para tal fim, essa extravagante plantação de espinhos, que o maior utopista repeliria sem hesitar. Estou, agora, completamente mudado; sou de uma constância inabalável nos meus propósitos e empreendimentos.

— Por Alá — exclamou o califa. — És o homem que eu procurava. Vou nomear-te prefeito desta cidade, e estou certo de que farás uma administração admirável. A meu ver, os grandes males do povo resultam das obras úteis e acertadas que os governos começam, mas não acabam. Que graves prejuízos não advêm desses erros administrativos! Considero verdadeiros criminosos aqueles que não levam a bom termo os empreendimentos iniciados, às vezes, sob os melhores auspícios. Espero, pois, Ahmed Faride!, que essa plantação de espinhos seja a tua última obra inacabada!

E assim aconteceu, realmente.

Ahmed Faride, desligado do juramento anterior, foi nomeado prefeito de Bagdá e, durante vários anos, mostrou-se um administrador digno dos maiores encômios. Obra reputada necessária e útil, uma vez iniciada, era fatalmente levada até ao fim.

E o seu nome, como sinal de gratidão do povo, foi gravado em letras de ouro, junto ao *mirab* da mesquita mais rica do Islã.

História sem Palavras

(Lenda Persa)

Houve na Pérsia — contam-nos os velhos escritores do Islã — um rei poderoso e rico, chamado Dhomahir que, pelas suas extravagantes manias e caprichos intoleráveis, conquistou triste celebridade na história de seu glorioso país.

Na corte desse monarca vivia um poeta chamado Clarik, moço de grande talento.

Certo dia o famigerado tirano (Alá se compadeça dele) mandou vir à sua presença o jovem poeta, e, com o maldoso intuito de deixá-lo em apuros, disse-lhe:

— Quero que me contes, agora, ó poeta!, a história completa do meu reinado sem pronunciar, porém, uma única palavra!

O grande salão real, que a todos deslumbrava pelo inexcedível luxo das tapeçarias e troféus, achava-se naquele momento repleto de nobres, altos dignitários da corte e inúmeros convidados. Não foi difícil ao inteligente Clarik — graças ao seu esclarecido espírito — perceber logo que aquela intimação absurda fora sugerida perfidamente por um dos muitos cortesãos invejosos que rodeavam habitualmente o soberano.

"Querem divertir-se à minha custa!", pensou. "Aos chacais invejosos vou mostrar que sei vencer as mais intrincadas dificuldades da vida!"

E Clarik, o poeta, sem deixar transparecer a menor inquietação, inclinou-se respeitoso diante do monarca e assim falou:

— A ordem de Vossa Majestade, ó rei dos reis!, está diante dos meus olhos e do meu coração! Vou contar a história de seu glorioso reinado sem pronunciar uma única palavra.

Fez-se, no grande salão real, profundo silêncio. Clarik aproximou-se, com passos vagarosos, da escadaria de mármore vermelho que conduzia ao deslumbrante trono em que tinha assento o rei Dhomahir.

Todos os olhares se voltaram ansiosos para o poeta. Como iria atender àquele descabido capricho do rei?

Na sua imperturbável calma, depois de inclinar-se três vezes diante do poderoso senhor, o poeta começou a balar como uma ovelha:

— Mé! Mé! Mé! — Em seguida entrou a ladrar como um cão: — Au! Au! Au!

Sem dar atenção ao grande espanto do rei, nem ao pasmo inconcebível que dominava os cortesãos, o poeta passou a bramar como o tigre e a rugir como o leão.

— Que é isto, ó insensato! — gritou colérico o rei. — Queres pilheriar comigo? Que pretendes significar com esses rugidos e latidos?

— Devo confessar, ó rei magnânimo! (Que Alá abençoe os cabelos de Vossa Majestade), que foi a única maneira que encontrei para contar, sem pronunciar palavra, a história completa de seu glorioso reinado! É, na verdade, muito simples e muito clara a significação das diversas vozes com que acabo de ferir os seus régios ouvidos.

E, ante a mal contida admiração dos vizires e nobres, o poeta assim continuou:

— Logo que subiu ao trono, mostrou-se Vossa Majestade bondoso como uma ovelha. Esse fato exprimi-o procurando imitar os balidos desse animal. Nos primeiros tempos, notando naturalmente Vossa Majestade que ainda não granjeara a confiança completa de seus súditos, resolveu conquistá-la. Com esse intuito Vossa Majestade deu provas cabais de que era um servo cumpridor das leis e dos princípios religiosos do país! Vossa Majestade foi de uma fidelidade constante para com o povo e para com Deus! E o símbolo da fidelidade é o cão. Quando, porém, os inimigos atacaram o país, mostrou-se Vossa Majestade valente e audacioso. Não procurava o combate, mas também não fugia dele! Vossa Majestade era como o tigre dos juncais que ataca, rasga, estripa e faz rolar moribundo o elefante enfurecido! E, para lembrar esse trecho da sua história, eu imitei a voz do ágil felino. Depois de triunfar nessa gloriosa campanha, Vossa Majestade revelou possuir uma energia leonina. Fez passar os prisioneiros a fio de espada, escravizou o povo e reduziu a escombros as cidades conquistadas! Vossa

Majestade esmagou o inimigo como faz o leão bravio ao caçador que errou o alvo de seu peito! Eis, pois, ó rei afortunado!, a história completa de seu brilhante reinado!

Achou o rei Dhomahir muita graça na lembrança original do espirituoso poeta e deu-lhe uma bela recompensa — o que ainda mais irritou os invejosos da corte.

O Santo Ladrão

Certa vez, no interior da Índia, um ladrão, aproveitando-se da escuridão da noite, tentou assaltar a casa de um rico senhor.

Sentindo-se percebido, fugiu para um bosque vizinho e ficou escondido sob uma árvore, de onde via, de quando em vez, avermelhados clarões que surgiam nas trevas. Eram os criados do ricaço que o procuravam, com grandes tochas, pesquisando todos os recantos do bosque.

"Estou perdido", pensou. "Os malditos servos fatalmente virão encontrar-me aqui."

E, sem perda de tempo, resolveu arranjar um disfarce qualquer. Sujou o rosto de terra, rasgou as vestes e, ajoelhando-se no chão, fingia um santo faquir[1] absorvido em profunda meditação.

Os seus perseguidores não reconheceram naquele humilde penitente o audacioso ladrão que, pouco antes, havia tentado violar a residência do rico patrão.

E pressurosos levaram a notícia ao dono do palácio:

— Não encontramos as pegadas do ladrão, e o único ser vivo que conseguimos descobrir foi um santo que orava sob uma árvore!

— Um santo em minhas terras! — bradou entusiasmado o proprietário. — Que felicidade!

E foi, sem demora, acompanhado da esposa e filhos, levar frutas e doces ao falso anacoreta.

A notícia correu célere pela cidade. Na manhã seguinte, crentes, em multidão, foram admirar o extraordinário faquir que vivia no bosque sob uma árvore, com o rosto sujo de terra e as vestes em frangalhos. Deram-lhe muito dinheiro e valiosos presentes.

Ao ser informado da presença do novo santo, o príncipe Nahor, que governava a região, assaltado por súbita e devota curiosidade, ordenou que seus oficiais fossem ao bosque e obtivessem do venerando penitente permissão para conduzi-lo ao palácio.

E num carro dourado, à frente de grande cortejo, o audacioso aventureiro foi levado à suntuosa morada do príncipe Nahor.

---

[1]Faquir — Denominação dada, em geral, ao religioso mendicante muçulmano e que corresponde ao iogue hindu. Os faquires, na Índia, são tidos em grande conceito pelo povo não só por causa dos prodígios que realizam como, também, pelos tormentos e penitências a que se sujeitam voluntariamente.

Pelas ruas, quando o préstito passava, os homens ajoelhavam-se e beijavam fervorosos a terra entre as mãos.[2]

O príncipe recebeu o novo santo com o maior respeito e solenidade, beijando-lhe a ponta esfarrapada da túnica.

— Santo faquir! — exclamou. — Só hoje chegou ao meu conhecimento a vossa vida exemplar e modesta de orações e penitências. Desejo que demonstreis aos meus queridos súditos a grandeza de vosso poder milagroso. Assim é que vos peço realizeis em minha presença, e na dos ilustres brâmanes, um milagre prodigioso que robusteça ainda mais a nossa fé e confiança!

Respondeu o falso anacoreta:

— Ó Príncipe! Bem sei que sois generoso e bom, mas só poderei realizar o milagre que acabais de ordenar se prometerdes conservar-me sob vosso amparo e proteção! Receio que contra mim se assanhem os ódios exaltados dos incrédulos!

— Asseguro-vos, sob palavra — atalhou o príncipe — que estais sob a minha proteção e ninguém ousará o menor movimento contra a vossa pessoa. Aquele que tentar contra vós qualquer ofensa ou vingança será castigado impiedosamente.

— As vossas palavras — declarou o ladrão — traduzem a maior garantia que um ser humano pode desejar. — E acrescentou: — Vou realizar diante de vossos olhos dois espantosos milagres que deslumbrarão os crentes e deixarão humilhados os pecadores.

[2]Beijar a terra entre as mãos é a maior demonstração de humildade. A pessoa ajoelha-se, coloca separadamente as plantas das mãos no chão e baixa a cabeça até tocar o solo.

E, com o maior cinismo, narrou ao príncipe as peripécias por que havia passado desde a sua tentativa de assalto à casa do ricaço até sua chegada ao palácio.

— Eis, senhor — concluiu — os dois milagres que prometi.

— Que milagres? — retorquiu o príncipe, tomado de incontido rancor. — Não vejo milagre algum, ó cão miserável!

— O primeiro milagre, ó príncipe generoso, foi o seguinte: com um punhado de areia e um pouco de cinza, transformei um ladrão num venerado e virtuoso santo. Depois, narrando a verdade em vossa presença, fiz com que o venerável santo se transformasse, novamente, num ladrão abjeto. Penso que essas extraordinárias metamorfoses que realizei foram altamente milagrosas!

Percebeu o arrebatado príncipe que se achava impossibilitado de castigar o inteligente ladrão, pois havia empenhado a sua palavra, e o aventureiro nada poderia sofrer. Dirigindo-se ao mais sábio dos seus conselheiros, perguntou-lhe:

— Qual a conclusão moral, ó brâmane!, que poderíamos tirar dessa história? Não resultará dela algum ensinamento útil para o meu povo?

O digno sacerdote hindu respondeu:

— A aventura ocorrida com esse aventureiro que faz jus, aliás, a uma boa recompensa, subministra-nos vários pensamentos e ensinamentos morais. Penso, entretanto, que será mais interessante deixar o público, por si mesmo, tirar do caso as conclusões que achar mais acertadas.

E, nesse sentido, o príncipe lavrou uma sentença que se tornou célebre.

O Livro em Branco

Andando um dia o grande Almanzor, califa de Córdova, disfarçado em mercador, a correr as ruas dessa cidade, com o intuito de observar, completamente despercebido, alguns de seus aspectos, deparou-se-lhe um indivíduo que, pelo trajar exótico e maneiras extravagantes, despertava a atenção dos transeuntes, reunidos alvoroçados em torno dele.

— Conheces aquele homem? — perguntou o sultão ao vizir que o acompanhara, oculto, também, por cuidadoso disfarce.

— Senhor — respondeu o interpelado — aquele muçulmano que ali está, no meio daquele grupo, a contar histórias maravilhosas e a relatar estranhos sucessos, chama-se Benassafar e, embora chegado há pouco tempo, já se tornou figura popular nestes arredores. Gaba-se de possuir invejável saber e afirma que conhece todos os livros existentes no mundo. Querem alguns, porém, que ele não passe de um embusteiro muito hábil que merecia ser publicamente desmascarado!

— Por Maomé! — exclamou o califa. — Vou encarregar-me disto e hei de castigar esse aventureiro audacioso!

Determinou, assim, o sultão que o pseudossábio fosse levado ao palácio e em presença dos nobres, ulemás[1] e poetas da corte perguntou-lhe:

— É verdade que conheces todos os livros até hoje escritos não só no Islã, como no resto do mundo?

O arguto forasteiro, cuja audácia e sagacidade jamais o deixaram em situação embaraçosa, declarou peremptoriamente que não só conhecia, como também já havia comentado todos os livros até então vindos a lume.

Tomou, então, o califa de um livro em branco, que ardilosamente mandara compor para ilaquear o aventureiro, e perguntou-lhe:

— Dize-me, então, ó ilustre muçulmano, qual é a tua opinião sobre esta obra que tantas gerações têm visto?

O livro que Almanzor apresentou ao vaidoso Benassafar trazia luxuosa encadernação, e em sua folha de rosto se lia, gravado em caracteres dourados, o seguinte título: *Últimos Pensamentos Engenhosos de Abul-Sanari.*

Apenas lida a curiosa epígrafe, respondeu Benassafar:

— Sobejas vezes reli já esta obra admirável, ó glorioso califa!

[1]Ulemá — Sábio, douto, erudito.

Com grande espanto de todos os presentes — que sabiam tratar-se de um livro em branco — o audacioso homem prosseguiu:

— Posso assegurar-vos que este livro é magnífico. A ninguém faz mal; a todos é benéfico. Julgo-o superior às demais obras desse autor e — segundo os grandes críticos — é preferível às produções de Abenderrach. Em poder de um ignorante não têm as suas páginas valor algum; postas, porém, nas mãos de um letrado podem tornar-se mais preciosas do que o anel do grande Salomão![2]

Ao ouvir semelhante afirmativa, não se conteve o califa e exclamou, irado:

— Não passas de um vil mentiroso! O livro sobre o qual tanta coisa disseste tem todas as folhas em branco.

Benassafar, com enorme pasmo dos presentes, não deixou transparecer o mais leve indício de perturbação! O rancor do soberano, capaz de gelar o sangue nas veias do mais atrevido e a sua declaração, perigosa trama para o mais hábil, não tolheram, sequer, pequena parcela de sua muçulmânica serenidade. E disse:

— Senhor! Que Alá, o Exaltado, vos conserve até à consumação do século! Peço-vos, humildemente, perdão. A resposta por mim formulada é exata e perfeita. Refere-se precisamente a um livro em branco! Que disse eu? Que esse livro não faz mal a ninguém e que a todos só pode fazer bem. É, exatamente, o caso de um livro em branco que, longe de ser nocivo, só pode ter utilidade para quem o vender e apurar no negócio

[2]Ao anel de Salomão obedecem todos os *djins* e *efrites* existentes no mundo.

boa quantia. Julguei-o superior às outras obras de Abul-Sanari. Esse homem não passa de um humilde obreiro, e este livro é, assim, a melhor das "obras" que ele tem produzido. Disse, também que era preferível aos trabalhos de Abenderrach, o mísero idólatra que teve a audácia de criticar alguns versículos do Alcorão![3] Parece-me que um livro em branco é preferível sempre àquele que contenha conceitos aleivosos ao Livro de Alá![4] Afirmei, por fim, que o livro posto nas mãos de um ignorante não teria valor, mas que entregue a um sábio poderia tornar-se uma preciosidade. Para isto seria bastante que este imprimisse nas páginas em branco pensamentos morais, versos delicados e ensinamentos úteis!

Almanzor viu-se obrigado a reconhecer que o inteligente Benassafar, vencendo-o naquela prova, fora mais hábil e mais esperto do que ele. Além disto, tendo concluído que o homem não passava de um sofista tão ardiloso quanto inofensivo, que andava a distrair o povo com suas declarações aparentemente fantásticas, mandou dar-lhe um traje de honra e deixou-o em paz, com boa recompensa, pelos caminhos de Alá.

[3]Alcorão — Livro sagrado dos muçulmanos, composto de 114 capítulos, ou suratas, divididos em versículos. Segundo a crença dos árabes, o Alcorão foi revelado por Deus a Maomé por intermédio do Arcanjo Gabriel. O Alcorão abrange a organização social e política e moral dos muçulmanos. Segundo um dos dogmas do Islã, o Alcorão é incriado, isto é, sempre existiu.

[4]Livro de Alá — Denominação comum dada ao Alcorão.

O Espelho Mágico

Existia outrora, na famosa cidade de Bagdá, uma grande mesquita, muito rica, cujas paredes eram feitas de mármore branco e azul.

No interior desse majestoso templo havia duas colunas de pedra cinzenta; na primeira um sábio fez gravar, com letras de ouro, a seguinte legenda: *"A vaidade esmaga em nossos corações os bons sentimentos e faz com que esqueçamos os nossos defeitos."*

Na outra, que era de ferro, podia ler-se em caracteres prateados este singular ensinamento: *"Evitemos a inveja dos maus; a inveja é como a víbora, cheia de veneno, que se aproxima de nós."*

Essas duas curiosas inscrições, ó irmão dos árabes!, fazem-me recordar uma lenda, intitulada "O espelho mágico", que foi narrada vinte mil e quinhentas vezes pelos mais célebres e mais hábeis contadores de histórias de Bagdá!

Que lenda interessante! Por Alá!

Vou contá-la repetindo-a, se possível, com as mesmas palavras com que a ouvi.

Há muitos séculos vivia em Bagdá um velho mendigo que se chamava Nagazã.

Todos os dias Nagazã arrastava-se humilde pelos pátios das mesquitas ou junto à porta do mercado, coberto de andrajos, implorando o auxílio da caridade pública.

Certa vez, ao regressar para a choupana em que vivia, achou Nagazã, no meio da estrada, um espelho encantado.

Tinha esse espelho a singular propriedade de aformosear o rosto de qualquer pessoa, por mais feia e desajeitada que fosse.

Aquele que se fitasse no tal espelho via a sua imagem embelezada, como se um artista genial tivesse retocado todos os traços de sua fisionomia tornando-a perfeita e impecável.

Nagazã, o mendigo, era um homem inteligente, e percebeu, desde logo, que o espelho mágico, usado com habilidade, poderia transformar-se numa prodigiosa fonte de renda.

Desse dia em diante Nagazã passou a evitar, por prudência, a companhia de outros mendicantes, e só esmolava com o auxílio do espelho maravilhoso. Quando um transeunte se aproximava, ele apresentava a face do rutilante espelho e dizia:

— Observai, senhor, como é harmonioso e perfeito o semblante que Alá, o Altíssimo, vos concedeu, e auxiliai com um pequeno óbolo aquele que teve a cruel desventura de nascer pobre, feio e estúpido!

Quando uma mulher passava, Nagazã dirigia-lhe servilmente as seguintes palavras:

— Levantai, senhora, por um momento, o vosso véu, e contemplai os incomparáveis encantos que Alá, Onipotente, modelou em vosso rosto delicioso e concedei uma piedosa esmola ao mais feio dos mortais.

Quem poderia ficar surdo e indiferente a tão lisonjeiras palavras?

Quem deixaria de lançar um olhar, embora rápido, à superfície polida do espelho encantado!

A vaidade oculta-se em todos os corações, e aqueles que eram iludidos pelo astucioso mendicante davam-lhe muitas e valiosas moedas. E mal podiam imaginar que pagavam, apenas, a ilusão momentânea que o espelho mágico lhes proporcionava.

Um dia, Nagazã adoeceu e não pôde sair a percorrer as ruas como fazia habitualmente. Chamou seu filho Iezin, contou-lhe o segredo do espelho e mandou-o que fosse esmolar pelas praças e bazares, longe dos pontos preferidos pelos profissionais da mendicância.

— Meu filho — disse Nagazã — para que algum homem possa ser feliz na vida, e levar a bom termo uma empresa qualquer, deve evitar duas coisas que são prejudiciais: a vaidade própria e a inveja alheia!

Prometeu Iezin que não esqueceria o sábio e prudente conselho de seu pai e partiu levando, sob o braço, o espelho mágico.

Ao regressar, porém, não trazia no bolso uma única moeda; não ganhara, durante o dia inteiro, um mísero cequim.

— Que fizeste, meu filho? — perguntou o velho.

O jovem confessou que, ao olhar para o espelho, encantara-se com a beleza de sua própria fisionomia. Via-se muito diferente do que era realmente. E tão maravilhado ficou que outra coisa não fez, senão mirar-se no espelho mágico, e elogiar-se a si próprio pelo aspecto encantador de seu semblante.

— Por Alá! — exclamou o mendigo. — Já vejo que não passas de um tolo, um fraco. Ganhaste alguma coisa com a tua própria ilusão? Estás, porventura, menos feio? Não sabias, então, que esse espelho é falso e mentiroso? Uma diferença existe entre o homem de talento e o tolo. O homem de talento, para vencer na vida, procura lisonjear os outros; o tolo se lisonjeia a si mesmo. — E o velho Nagazã disse a seu filho: — Voltarás, ainda uma vez, à cidade com o espelho mágico; mas só poderás tirar dele resultado se seguires fielmente os meus conselhos.

No dia seguinte voltou Iezin a esmolar pelas ruas da cidade. Mas, ao invés de procurar os recantos mais sossegados, quis causar inveja aos outros mendigos. Colocou-se perto de um grupo de maltrapilhos que esmolavam e começou a fazer uso do espelho mágico.

O resultado foi admirável. Todos os transeuntes vaidosos deixavam cair aos pés de Iezin moedas de ouro e prata. O jovem sorria orgulhoso, e divertia-se com a inveja torturante dos miseráveis pedintes que pouco ou nada recebiam.

Ora, um dos mendicantes, ao notar a sorte com que o jovem esmolava, começou a observá-lo e descobriu, sem dificuldade, que o espelho de Iezin era mágico.

Inspirado por um rancor surdo, foi a um bazar próximo comprou um espelho côncavo (desses que deformam as imagens) e num momento em que Iezin se achava distraído, contando o dinheiro ganho, trocou-o pelo espelho encantado.

Passados alguns minutos atravessou a rua um xeque barbirruivo, ricamente vestido, que se fazia acompanhar de dois amigos.

Certo de que tinha ainda em seu poder o espelho encantado, Iezin aproximou-se do orgulhoso xeque e disse-lhe:

— Reparai, ó xeque,[1] no vosso belo semblante reproduzido neste admirável espelho, e erguei louvores a Alá, o Exaltado, que vos proporcionou tão invejável fisionomia!

O xeque, que era um dos homens mais vaidosos da cidade, olhou para o espelho e viu o seu rosto monstruosamente deformado.

— Cão miserável! — exclamou furioso. — Queres te divertir à minha custa? Vou mostrar-te como se castiga um camelo audacioso!

E agrediu Iezin com uma série de socos bem aplicados e outros tantos violentos pontapés.

Vendo-se atacado, Iezin tratou de fugir o mais depressa possível, e voltou para casa ferido e maltratado.

O velho Nagazã compreendeu que seu filho havia sido vítima de um roubo, e que o autor da troca fora um dos mendigos que faziam ponto junto à mesquita.

Disse o ancião:

— Foste castigado, meu filho, porque, esquecido de meu conselho não procuraste evitar a inveja dos maus.

---

[1]Xeque — Termo de respeito que se aplica, em geral, aos sábios, religiosos e pessoas respeitáveis pela idade ou pelos costumes.

E na velha mesquita de Bagdá, durante muitos séculos, as duas sábias inscrições faziam lembrar a curiosa lenda do espelho mágico.

Eis a primeira: *"A vaidade esmaga em nossos corações os bons sentimentos e faz com que esqueçamos os nossos defeitos."*

Recordemos a segunda: *"Evitemos a inveja dos maus; a inveja é como a víbora, cheia de veneno, que se aproxima de nós."*

O Leão Irritado

(Lenda Judaica)

Certa manhã o rei leão, depois de uma noite agitada por maus sonhos e terríveis pesadelos, acordou irritado.

Os animais, tomados de pânico, reuniram-se na grande floresta.

— Que fazer? O rei leão está de mau humor, enfurecido! Como levar a tranquilidade e a calma ao espírito do poderoso e invencível soberano?

— Tenho uma ideia — começou *o* prudente camelo, dirigindo-se aos outros animais. — O rei leão gosta muito de ouvir contar lendas e histórias maravilhosas. Se um de nós for à sua presença e lhe relatar um caso original e interessante, estou certo de que ele se acalmará e a bondade lhe há de voltar ao coração.

— Quem, entretanto, terá a audácia de aproximar-se do rei leão? — acudiu tristonho o elefante. — Qual de vocês conhece alguma história digna de ser ouvida por Sua Majestade?

— Nada mais fácil — retorquiu a raposa, com trejeitos de orgulhosa. — Coragem não me falta a mim, nem me há de faltar nunca! E se o curar-se o rei depende apenas do relato de uma história, é-me facílimo aplicar-lhe o remédio. Conheço trezentas histórias, lendas e fábulas interessantíssimas que aprendi no decurso de longas viagens empreendidas pelo mundo. Uma dessas histórias há de, por força, agradar ao nosso impávido soberano e dissipar a agitação que maus sonhos lhe trouxeram.

— Muito bem! Muito bem! — conclamaram alegres os outros animais. — Está resolvido o caso! Vamos ao palácio do rei leão!

Puseram-se todos a caminho, pavoneando-se à frente da numerosa comitiva a esperta raposa, que sabia trezentas histórias!

Em meio da jornada, porém, a raposa parou repentinamente e assustada, a tremer, exclamou dirigindo-se aos companheiros:

— Meus queridos amigos, grande infortúnio acaba de ferir-me!

— Que foi? Que aconteceu? — indagaram todos aflitos.

— Das trezentas histórias que eu tão bem sabia esqueceu-me agora o fio de cem!

— Não te aflijas por isto — afirmaram os outros animais. — Duzentas histórias são suficientes. Uma delas há de, por força, agradar ao rei e dissipar de seu espírito a agitação que maus sonhos lhe trouxeram.

E o cortejo novamente se pôs em marcha pela larga e verdejante estrada, que conduzia ao palácio do soberano da floresta.

Momentos depois, quando já se ouviam nitidamente os urros atordoadores do leão, a raposa parou novamente e, ainda mais assustada, voltou-se para os que a acompanhavam dizendo-lhes com voz transtornada:

— Amigos! Nova e terrível desgraça me vem surpreender!

— Que foi que te aconteceu, amiga raposa? — acudiram pressurosos e em coro os companheiros.

— Das duzentas histórias que eu sabia na ponta da língua — balbuciou chorosa — de cem não me lembro mais!

— Não vai nisso grande mal, boa amiga — redarguiram os animais já duvidosos da segurança da tão apregoada memória. — Cem histórias dão de sobra! A metade desse número bastaria, por certo, ao próprio sultão! Em cem casos de peripécias atraentes uma há de agradar ao rei leão e dissipar de seu espírito a agitação que maus sonhos lhe trouxeram.

E, isto dizendo, puseram-se novamente a caminho, levando por diante a raposa, que parecia triste e abatida com o seu apoquentador esquecimento.

Quando o cortejo — que engrossara consideravelmente com a adesão de muitos outros animais — chegava diante do palácio do rei leão, a raposa teve um desmaio e rolou desamparada pelo chão.

Reanimada, porém, pelos desvelos dos companheiros, reabriu os olhos e com voz sucumbida confessou tremente:

— Que desgraça, amigos meus! Não sei como ocultar-lhes que já não me lembro das cem últimas histórias de que ainda há pouco me recordava tão bem!

A infanda revelação da raposa causou entre os animais presentes verdadeira desolação. Que fariam eles? Como remediar a situação? Já sabiam todos — pelos urros mais fortes e mais frequentes do rei leão — que sua majestade, exaltado e impaciente, se achava na sala do trono à espera do anunciado emissário que vinha trazer-lhe calma ao espírito agitado. Quem seria capaz, naquela grave emergência, de substituir a raposa, atacada de tão forte acesso de amnésia?

O chacal, prudente e sensato, sabedor do que acontecera à raposa, reuniu os chefes do bando e disse-lhes:

— Meus camaradas! Sou, como bem sabeis, um animal rude e inculto! Tenho vivido sempre em soturnas grutas, isolado do mundo e dos poderosos. Aprendi, porém, com um velho mestre que tive nos primeiros anos de minha vida, uma história muito original, de que jamais me esquecerei. Estou certo de que, ao ouvir essa única história, o nosso glorioso rei leão verá restituídas a calma e a tranquilidade ao seu espírito conturbado.

— Vai, chacal! — exclamaram os animais. — Quem sabe se não conseguirás com tua bela narrativa salvar-nos da fúria vingativa do rei leão.

Animado pelos amigos e companheiros, o chacal galgou resoluto as longas escadarias do rico palácio, que abrigava o exaltado soberano.

A grande praça estava repleta. A população inteira da floresta aguardava ansiosamente o desfecho da arriscada tentativa.

Esperavam todos, a cada instante, ouvir os uivos de dor que o pobre chacal expediria quando estivesse sendo esmagado pelas garras impiedosas do leão.

Decorridos, porém, alguns momentos de angustiosa expectativa, viram todos, perplexos, abrirem-se as portas do régio palácio e surgir na larga varanda o rei leão, calmo e satisfeito, a saudar risonho, com amáveis meneios de sua lustrosa juba, os súditos reunidos a seus pés.

E para maior pasmo surgiu ao lado do temido leão o abnegado chacal, o peito escuro coberto de ricas medalhas e distintivos nobiliárquicos, a cintura envolta pela faixa dourada de ministro e conselheiro do reino.

Os animais não se mexiam, de assombrados. Ninguém sabia explicar aquele espantoso mistério. Que teria contado o chacal de tão extraordinário ao rei leão? Que história maravilhosa teria sido a que alterara tão radicalmente o gênio do monarca e fizera com que o seu narrador se tornasse digno de tão alta recompensa?

A curiosidade, mesmo entre os animais da floresta, é um fator da maior importância em todos os acontecimentos da vida.

O camelo, que fora até então um dos mais íntimos do chacal, não podendo refrear a ânsia que o espicaçava, aproximou-se, discreto, do novo vizir do rei e perguntou-lhe respeitosamente:

— Ilustre ministro, dizei-me, peço-vos por favor, que história contaste ao nosso glorioso soberano?

— Amigo camelo — respondeu bondoso o chacal. — O conto que narrei ao leão nada tem, realmente, de extraordinário. Aproximei-me do trono e contei-lhe, sem nada ocultar, a peça que nos pregara a vaidosa raposa! Sua majestade achou-lhe muita graça e disse-me: "É sempre assim meu caro chacal! É sempre assim! Longe de um rei violento e irritado todos se inspiram e apresentam ideias geniais! O verdadeiro talento e a verdadeira coragem só se revelam, porém, na ocasião exata e precisa, ao defrontarem o risco e a ameaça."

História do Rei Tibar

Depois de subirmos a encosta, palmilhando um caminho suavemente ensombrado por frondosas acácias, chegamos, por fim, ao alto da colina, onde fora erguido o artístico mausoléu.

— É este — disse o velho guia, apontando para o vetusto monumento — o túmulo do glorioso e sempre lembrado rei Tibar, senhor de Laristã

Parei deslumbrado. Jamais encontrara, entre mausoléus famosos do Islã, obra mais grandiosa e rica. Sobre uma grande pedra negra, em forma de um cubo gigantesco, erguia-se uma coluna de mármore branco cheia de inscrições feitas de brilhantes, rubis, safiras e mil outras pedras preciosas. Em cada um dos quatro cantos do pedestal escuro havia uma lança de prata lavrada com a ponta voltada para o céu; essas lanças ligavam-se, umas às outras, por pesadíssimas correntes de ouro maciço!

— Admirável! — exclamei ao atentar na deslumbrante beleza do monumento. — Na verdade, eis uma obra de arte que deve ter concretizado o talento de uma centena de artistas, e todo o ouro de um Ciro![1] Não há no mundo rei ou califa cujas cinzas repousem sob túmulo mais rico e imponente!

Achavam-se, conforme observei, nas proximidades do monumento, muitos homens em atitude respeitosa como se estivessem orando. À volta do túmulo grandes braçadas de flores, que mãos piedosas ali depuseram, impregnavam o ambiente com um perfume intenso e embriagante.

Ismalin Farad, o velho guia que me acompanhava, chamou-me a atenção para uma bela legenda, com letras de rubis, inscrita no meio da coluna:

"Aqui repousa o glorioso rei Tibar. A sua alma descansa no seio de Alá, a sua memória vive eterna no coração dos homens!"

De quando em vez um dos árabes, rompendo o silêncio que nos rodeava, erguia os braços para o céu e exclamava solene:

— Alá tenha em sua paz o glorioso rei Tibar! Glória! Glória ao rei Tibar!

Não podendo reprimir a grande curiosidade, aliás bem justa, que me dominava, perguntei ao bondoso e erudito Ismalin quem tinha sido afinal, na história da Pérsia, esse tão lembrado rei!

— Foi o monarca mais glorioso de quantos subiram ao trono do Laristã!

[1] Ciro — Conquistador famoso, fundador do império dos persas e célebre por suas riquezas.

— Ah! — exclamei. — Foi, então, um grande guerreiro! Venceu vários povos, conquistou muitos países!

— De modo nenhum — retorquiu o meu informante. — O rei Tibar nunca tomou parte em combate! Jamais comandou exércitos! Não era homem que erguesse a lança para ferir quem quer que fosse!

— Foi, por certo, um grande pacificador de povos. Construiu cidades, ergueu escolas, abriu estradas!...

— Nada disso! — replicou, com segurança e orgulho, o bom Ismalin. — O rei Tibar não deixou no país obra ou monumento a que pudesse ligar o seu nome!

— Basta! — atalhei com energia — já descobri: o rei Tibar libertou os escravos da Pérsia!

— Também não!

— Desenvolveu as indústrias! Fundou asilos!

— Também não!

— Distribuiu justiça! Perseguiu os maus!

— Também não!

— Governou tranquilamente, em paz, sem revoltas, sem conspirações! Aboliu a pena de morte!

— Também não!

— Por Alá! — bradei impaciente. — Juro que não posso, afinal, descobrir o motivo por que é a memória do rei Tibar tão venerada por seus súditos! Que fez, afinal, esse monarca para merecer o epíteto de Glorioso e um título jamais concebido pela gratidão humana?

Sorriu o bondoso guia ao perceber a surpresa crescente que me invadira o espírito à conta de suas negativas lacônicas transformadas em estribilho.

E, dando mostras de possuir aquela calma e paciência que são o apanágio dos velhos servos de Alá, disse-me:

— Senta-te aí nesse banco de pedra! Senta e escuta, ó jovem!, pois vou contar a história do glorioso rei Tibar!

— Reinou, outrora, em nosso país, um monarca chamado Khalef que tinha um filho único, de nome Tibar. Como quer que o rei, certa vez, adoecesse gravemente, os médicos mais famosos da corte declararam-no perdido. Ao ter conhecimento da enfermidade do pai e da grave sentença que contra ele formulara a Ciência, o jovem Tibar reuniu todos os vizires, emires e conselheiros e disse-lhes:

"'Dentro de poucos dias o Anjo da Morte, assim está escrito, virá, em sua eterna faina, buscar meu pai, o rei Khalef. Serei, então, por força da lei, coroado rei do Laristã. É meu desejo, porém, praticar, logo que subir ao trono, um ato grandioso que me torne digno da gratidão de todos os povos muçulmanos! Que devo fazer para a minha glória? Podeis dar-me conselhos valiosos e sugerir-me ideias geniais? Seguirei os ditames daquele que me parecer mais justo e acertado!'

"Disse o grão-vizir:

"'Para que o nome de Vossa Alteza fique perpetuado na história, deve Vossa Alteza mandar construir uma torre tão alta que chegue até às nuvens!'

"Lembrou um dos conselheiros:

"'Penso em que Vossa Alteza será o mais glorioso dos monarcas se conquistar a China.'

"Um dos emires alvitrou:

"'Julgo que Vossa Alteza ficará célebre se abrir um canal que vá do mar até ao deserto!'

"E, assim, cada um dos cortesãos foi acedendo com sugestões desencontradas ao apelo do futuro monarca. Mas eram tão disparatados os alvitres, que o príncipe Tibar ficou sem saber qual deles perfilhar, e, para que pudesse iniciar o seu governo de modo digno, resolveu consultar, em segredo, um santo marabu que vivia num casebre nos arredores da cidade.

"Que lhe disse esse sacerdote?

"Ninguém o soube. O certo é que dias depois faleceu o rei Khalef e o príncipe Tibar foi coroado rei do Laristã.

"O povo aguardava ansioso o primeiro decreto do novo rei, pois sabiam todos que ele queria iniciar o governo com um ato que o celebrizasse na história. E sabes o que fez o rei Tibar? Três horas depois da coroação, mandou reunir todos os vizires, emires, cádis, conselheiros, nobres, sacerdotes e oficiais e disse-lhes:

"'Muçulmanos! Estou convencido de que não possuo os requisitos necessários para governar o país! Resolvo, portanto, abdicar em favor do xeque Bekkay El-Hareth, que deverá ser proclamado rei do Laristã!'

"Essa declaração do rei Tibar foi recebida com a maior alegria pelos nobres e pelo povo. Na verdade, o escolhido era homem de admirável inteireza de caráter, agudíssima inteligência e, sem contestação, a primeira autoridade na arte dos negócios públicos. E do exílio em que vivia, veio ele para o trono do Laristã!"

— Logo depois da coroação de Bekkay — continuou o velho Ismalin — o jovem Tibar retirou-se para um castelo de sua propriedade onde viveu modestamente, como simples lavrador, ignorado e esquecido, até morrer! Durante trinta anos teve o Laristã, na pessoa de Bekkay El-Hareth, um rei sábio, ativo, justo e honesto. Foram trinta anos de paz, progresso, harmonia e bem-estar! Foi o período mais brilhante na nossa história. E a quem devemos tudo isso? Exclusivamente ao rei Tibar, que soube, desprezando a vaidade e abrindo mão de um trono, reconhecer publicamente a sua incapacidade e passar a direção do país ao mais competente e capaz!

Mal terminara o velho guia as suas judiciosas conclusões, levantei-me sinceramente entusiasmado, e exclamei bem alto, fazendo ecoar forte a minha voz:

— Glória! Glória ao rei Tibar!

A Calúnia

O juiz Hossein El-Gabata, certo de que a audiência, naquela manhã, estava já terminada, fechou o livro da lei, ergueu os óculos que lhe pesavam sobre o nariz, e levantou-se, com o seu vagar costumeiro, ao preparar-se para deixar o tribunal.

— Doutor juiz! — exclamou o acusador público, aproximando-se respeitosamente — a velha caluniadora, presa ontem, ainda não foi julgada e espera a vossa sentença.

Só então notou o velho magistrado que ainda aguardava julgamento uma anciã esquecida, postada no fundo da sala. Sentou-se contrariado e, com um aceno de mão, ordenou que a última acusada se aproximasse da mesa.

— Estou inocente, ó venerável cádi! — exclamou, soluçando, a mulher. — Não cometi crime algum. Sou vítima da inveja de meus inimigos!

— Doutor juiz — interveio tranquilo o promotor — essa mulher, segundo tive ocasião de verificar, é uma caluniadora terrível. Raro é o dia em que a sua imaginação maldosa não inventa uma nova torpeza com a qual fere e mutila a honra e o renome de uma pessoa digna. Ainda ontem assacou uma calúnia contra o nosso bom amigo, o xeque Nasil El-Hainé, que se acha, por esse fato, com a saúde fortemente abalada. Em benefício da tranquilidade deve ela sofrer castigo severo que, servindo-lhe de ensinamento, possa forçá-la a deixar para sempre, em paz, os homens de bem, fazendo-a compreender a enormidade do crime que pratica.

O judicioso Hossein El-Gabata, ao ouvir as palavras do acusador, meditou durante alguns instantes com o olhar fixo sobre o Livro de Alá. Que deveria fazer para arrancar do coração daquela mulher o germe do odiento pecado? Como demonstrar-lhe a gravidade do mal que provém da calúnia?

Tomou, afinal, o magistrado, de um pedaço de papel e nele escreveu lentamente o nome honrado do xeque Nasil El-Hainé. Isso feito entregou o papel à acusada e disse-lhe:

— Aqui está escrito o nome da última pessoa vítima da tua língua peçonhenta. Rasga este papel em pedaços tão pequenos que cada um deles possa ser oculto debaixo de um grão de milho.

Surpreendida, embora, por aquela estranha ordem, a mulher obedeceu sem vacilação. O cádi e os auxiliares do tribunal viram-na algum tempo entregue à tarefa de estraçoar o papel que lhe fora entregue, reduzindo-o a pedacinhos extremamente pequenos.

— Irás agora — ordenou o juiz — até à última casa da cidade e deixarás cair, ao acaso, pelo caminho, esses pedacinhos de papel. Feito isso voltarás novamente à minha presença a fim de que eu possa lavrar a sentença.

Algumas horas depois a mulher apresentava-se ao velho magistrado, declarando que havia cumprido a ordem que lhe fora dada.

Disse, então, o juiz em tom severo:

— Volta novamente pelo mesmo caminho, apanha, um por um, todos os pedacinhos de papel e procura com eles formar o nome despedaçado. Se não conseguires isso, receberás cem chibatadas.

— Piedade, senhor cádi! — exclamou a mulher tomada de vivo desespero. — Por Alá! Ser-me-ia impossível achar pelas ruas, praças e estradas os pedacinhos que atirei fora, por isso que não cuidei de observar onde caíam quando me desfazia deles. E o vento já os levou com a areia; estarão já queimados ou perdidos para sempre.

— Mulher indigna! — exclamou, exaltado, o juiz. — Implora agora piedade e outra coisa não fazes senão esfrangalhar, pela calúnia, a honra alheia e atirar-lhes os pedaços ao sabor da maledicência. O xeque Nasil tinha um nome íntegro e tu, com falsas imputações, conseguiste destruí-lo. Assim como é impossível reconstituir, com os pedacinhos de papel atirados ao acaso, o nome estracinhado, também não há poder humano que consiga desfazer a obra mutiladora da calúnia. — E, voltando-se para os guardas e ajudantes ajuntou: — A minha sentença está dada! O caluniador não é digno de perdão. Assim determinou o Livro de Deus.

O Cão do Beduíno

A generosidade do sultão Harum-Al-Raschid — dizia El-Moallin, um antigo poeta árabe — podia ser comparada ao rio Diala quando desce tumultuoso das serras de Kermanshak.

O leitor naturalmente não conhece o rio Diala, e ignora, portanto, a singularidade que apresenta em seu curso esse famoso tributário do Tigre. Assim não poderá, infelizmente, apreciar a bela comparação de que nos valemos, uma das mais felizes do apreciado poeta abássida.

Deixemos, porém, o impetuoso Diala correr em seu leito vermelho cheio de pedras arredondadas, e narremos um singular episódio ocorrido em Bagdá, quando se achava no trono do Islã o mais generoso dos príncipes do Oriente.

O poderoso sultão Harum-Al-Raschid (Alá o tenha em sua glória!), sempre que regressava das suas peregrinações a Meca, dava uma audiência pública no rico divã[1] de seu magnífico palácio e procurava atender a todos os que o procuravam.

Iam à presença do soberano, por simples cortesia, ou com o propósito de pedir um favor qualquer, nobres, poetas, mercadores, xeques e peregrinos vindos de todos os recantos da Arábia. Raro era aquele que não regressava do palácio do generoso príncipe com um belo presente. E quantas vezes o nômade que entrava humilde, coberto de andrajos, não saía da audiência a saltar de contente trazendo na mão uma bolsa cheia de ouro!

Ora, um dia, quando o soberano atendia a seus numerosos súditos, foi ter à sua presença um pobre beduíno, tão esfarrapado e tão sujo, que só o seu aspecto de mendicante incutia compaixão ao espírito mais avesso aos sentimentos de piedade.

— Donde vieste, ó beduíno? — perguntou o califa.

— Emir dos Crentes! — respondeu o andrajoso árabe; depois de beijar três vezes a terra entre as mãos — Que Alá, o Único, proteja os fios da vossa barba! Venho do oásis de Kobo, para além do Nedjed!

Assombrou-se o sultão ao ouvir tal resposta, pois bem sabia ele que o oásis de Kobo ficava situado no outro extremo de seus domínios, e parecia impossível que um crente viesse de tão longe para visitá-lo.

— Dize-me, ó filho do deserto! continuou o califa — quanto tempo durou a viagem que fizeste de Kobo até Bagdá?

[1]Salão destinado às audiências do soberano.

— Xeque do Islã! — respondeu o interpelado. — A minha viagem durou dois anos e cinco meses. Fui obrigado a atravessar a pé grande parte do deserto!

— Que desejas de mim, ó irmão dos árabes? — indagou o califa.

— Príncipe dos Crentes — tornou o beduíno — vim a esta audiência esperançado de obter da vossa inexcedível bondade um grande favor. Desejo que me mandeis dar um cão de caça!

— Um cão de caça! — exclamou, cheio de espanto, o califa. — Tu vieste de tão longe, fizeste uma viagem tão fatigante e perigosa, sofreste os maiores tormentos, foste torturado pela fome e pela sede para, no fim, me pedires, como recompensa de tantos sacrifícios, um simples cão de caça! É positivamente de causar assombro o teu modesto e muito original pedido!

Os nobres e ricos muçulmanos que assistiam à audiência, ao terem conhecimento do diálogo travado entre o mísero beduíno e o sultão, foram unânimes em declarar que era realmente de causar assombro a modéstia e a simplicidade daquele beduíno que fizera tão longa jornada para pedir ao grande Harum-Al-Raschid, o soberano mais dadivoso do mundo, um cão de caça.

O célebre califa, querendo mostrar que sabia recompensar o grande esforço e premiar o desinteresse admirável do modesto beduíno, ordenou que lhe dessem um belíssimo cão da mais pura raça.

Era um soberbo animal, forte, esguio, de pelos negros e lustrosos que fora criado pelos pastores do Cáucaso, entre as montanhas. Dificilmente se poderia obter outro exemplar mais perfeito.

— Comendador dos Crentes! — exclamou o beduíno, depois de receber o cão. — Que Alá vos conserve feliz por todo o sempre. Não sei como agradecer-vos! A vossa generosidade colocou-me, porém, em sério embaraço. Este animal é tão perfeito, tão raro, e para mim tão precioso!, que, confesso, não sei se poderei tratá-lo com os cuidados que ele merece!

— Não seja essa a dúvida, ó beduíno! — disse, risonho, o califa. — Vou ordenar que te deem uma escrava especialmente para cuidar do teu cão!

— Príncipe generoso! — ajuntou o beduíno, beijando a terra com humildade. — Sois realmente incomparável! Que Alá, o Distribuidor, vos cubra de incalculáveis benefícios! A vossa generosidade veio colocar-me, porém, mais uma vez, em não pequena dificuldade! Como poderei voltar para o longínquo oásis de Kobo sem ter ao menos um camelo ou um jumento para carregar o maravilhoso cão e a linda escrava com que acabo de ser presenteado?

— Tens razão, meu amigo — conveio o califa, ainda de bom humor. — Vou dar-te três camelos, cinco jumentos, um cameleiro e um guia hábil para conduzir-te!

— Califa do Profeta! — exclamou, ainda, o beduíno. — Os vossos benefícios caem sobre a minha mísera pessoa como verdadeiros dons do Céu de Alá! Que o Altíssimo proteja os vossos filhos e os filhos de vossos filhos! Estou, entretanto, sinto dizer, em grave apuro. Não sei como alojar, quando chegar a Kobo, o cão, a escrava, o cameleiro e o guia, pois, infelizmente, não tenho de meu, no oásis, nem uma simples choupana!

— A tua observação tem todo o cabimento — tornou o califa. — Vou providenciar para que seja adquirido e posto à tua disposição um dos melhores palácios de Kobo! Nele viverás com a tua família!

— Sombra de Alá na terra! — prosseguiu o beduíno. — Que o Criador vos cubra de bênçãos! A minha situação é cada vez mais embaraçosa! Como obter recursos para alimentar, durante o meu regresso, o cão, a escrava, o cameleiro e o guia?

— É fácil resolver-se este caso — retorquiu, já bastante desconfiado, o califa. — Vou dar-te dez mil dinares de ouro!

— Rei afortunado! — ajuntou logo, a seguir, o beduíno. — Seja a glória de Alá a vossa recompensa! A minha situação tornou-se aflitiva! Irei atravessar os sete desertos da Arábia, com os tesouros que levo sem ter quem me defenda dos bandidos e dos nômades?

— Os teus receios são razoáveis e justos, ó beduíno! — concordou impaciente o sultão. — Vou pôr à tua disposição uma escolta de cinquenta soldados da minha confiança! — E antes que o aventureiro reclamasse qualquer coisa mais, o califa gritou irritado: — E basta, beduíno, basta! Vieste aqui, com falsa modéstia, pedir-me um cão de caça e levas uma caravana completa! Quem poderia supor, ó filho do deserto, que escondias a tua insaciável cobiça sob os pelos de um rafeiro!

E durante muitos anos o povo de Bagdá guardou a lembrança daquele beduíno astucioso, que, tendo ido pedir ao califa um cão de caça, chegou a obter palácio, escravos e ouro!

Cuidado com a falsa humildade, ó leitor!

Já dizia o Santo Sidi Aíssa (sobre ele a paz de Alá): "A Cobiça é irmã gêmea da Hipocrisia!"

Uassalã!

O Vizir Curioso

Entre os monarcas mais famosos do Oriente, existiu, na Pérsia, um rei, ou melhor, um xá,[1] de cujo nome austero não me recordo mais.

Esse rei, certa vez, ouviu um sábio hindu discorrer sobre as vantagens da curiosidade. Os elogios formulados pelo douto brâmane[2] deixaram deslumbrado o monarca.

[1]Xá — Título dado aos reis da Pérsia, onde a palavra *shah* significa rei, dominador.

[2]Brâmane — O povo hindu é dividido em castas que vivem completamente separadas; não se admite, por exemplo, o casamento entre indivíduos de castas diferentes. Esse sistema de distinções sociais funda-se, em parte, na diversidade de raças e, de certo modo, na natureza das profissões. As quatro castas mais importantes são: os brâmanes (sacerdotes); os xátrias (militares); os vaicias (negociantes); e os sudras. Há uma infinidade de subcastas. Uma das castas mais ínfimas (mas não a mais ínfima) é a dos párias.

Quanta coisa devia a ciência à curiosidade que inspira o coração dos homens?

As grandes descobertas, as invenções notáveis, que outra coisa não são senão frutos da curiosidade humana?

Não foi a curiosidade que levou o matemático Newton a descobrir a gravitação universal? A existência da América, por exemplo, não foi revelada ao mundo apenas porque um curioso destemido, chamado Colombo, resolveu atirar-se pelo oceano em busca de novos mundos?

Inspirado pelas eloquentes palavras do sábio, resolveu o rei escolher para sua corte, a fim de exercer o prestigioso cargo de grão-vizir, o homem mais curioso do seu país.

Informados dos nobres sentimentos do xá apresentaram-se vários candidatos ao ambicionado emprego de primeiro-ministro.

Mandou o judicioso monarca reunir no grande salão do palácio todos os pretendentes, entregou a cada um deles uma moeda e disse-lhes:

— Aquele de vós que provar, utilizando-se unicamente da moeda por mim entregue, ser o mais curioso de todos, será nomeado primeiro-ministro.

As moedas distribuídas pelo rei eram peças de ouro perfeitamente iguais em peso, forma e valor. Como poderia um homem inteligente e culto, com a escassa ajuda de uma simples moeda, demonstrar talento e perspicácia?

Não deixava de ser original o concurso promovido pelo rei da Pérsia para a escolha de um dignitário.

Um dos pretendentes entrou a examinar, com uma lente, o verso e o reverso da moeda; outro abriu uma bolsa e passou a comparar as moedas que possuía com a que havia recebido do rei; um terceiro virava e revirava o disco de ouro entre os dedos procurando descobrir nele alguma singularidade. Observou o rei que um dos pretendentes atirara a valiosa peça ao chão, entrando a bater nela com um pesado martelo, o que produzia um barulho ensurdecedor. Não deixou, igualmente, de chamar a sua atenção a atitude de um nobre que porfiava em vencer na prova os rivais, riscando a moeda com a ponta de um punhal e mordendo-a depois. Que suporia ele descobrir com tudo aquilo?

Passado algum tempo, notou o monarca que um dos candidatos se conservava tranquilo a um canto, sem tomar parte no certame, observando muito atento as gatimonhas incríveis de seus companheiros. Interpelou-o, procurando indagar a razão daquela inércia que nada parecia justificar.

Respondeu o interpelado:

— Rei! Declaro-me vencido neste torneio, e desisto de minha pretensão ao cargo de grão-vizir!

— Desejo saber o motivo que vos forçou a tomar essa resolução — tornou ansioso o soberano, seriamente preocupado com aquela insólita desistência.

— O motivo é simples, ó rei! — acudiu o outro. — Não posso examinar, com a devida atenção, a moeda que recebi de vossas mãos, porque estou empenhadíssimo em saber como vai acabar esta história.

— Bravos! — exclamou o rei. Sois o mais curioso de todos. Vou lavrar a vossa nomeação para o cargo de grão-vizir!

Procedendo dessa forma, o glorioso xá da Pérsia praticou um ato de justiça e obteve, também, um desfecho simples e inesperado para uma história cuja conclusão parecia embaraçosa e incerta.

História Mal Contada

História Mal Contada refere-se a três brâmanes que iam certa vez, em peregrinação, ao país de Nagpur. Chamava-se Batavana o primeiro, o segundo Latasari e o terceiro, justamente o mais jovem, era conhecido pelo nome de Viprasada.

Um dia, depois de fatigante caminhar, chegaram os três amigos a um grande caravançará, perto da cidade de Jaipur, pouso forçado de todas as caravanas da Índia e da Pérsia.

— Meus amigos — disse Batavana, que era o mais velho e o mais cauteloso dos brâmanes — o dinheiro que possuímos para as despesas da longa viagem que empreendemos se resume em trinta moedas de ouro, das quais cada um de nós tem direito a dez. Não convém que apareçamos no caravançará com esse dinheiro, pois estaríamos sujeitos à cobiça dos aventureiros e poderíamos ser roubados pelos incorrigíveis ladrões do deserto. Sou, portanto, de aviso, que guardemos o nosso pecúlio em lugar discreto e seguro, onde o iremos buscar amanhã ao reiniciarmos a nossa jornada.

Latasari e Viprasada concordaram prontamente com o alvitre sugerido pelo prudente Batavana. E ao cair da noite, os três brâmanes dirigiram-se a um lugar ermo onde uma grande árvore ensombrava discreto recanto. Ali, sem que ninguém pudesse perceber, enterraram as trinta moedas de ouro.

No dia seguinte, pela manhã, feitas as preces habituais, dirigiram-se os três brâmanes ao lugar em que haviam ocultado o dinheiro mas, com surpresa, nada encontraram.

— Fomos roubados! — gritou Latasari e, cheio de cólera, apontando para Batavana, ajuntou: — Foste tu, ó pérfido companheiro, que tiveste a lembrança de esconder aqui o nosso dinheiro para vir retirá-lo indignamente durante a noite! Não passas de um vil ladrão!

— Víbora peçonhenta! — bradou Batavana. — Tu me acusas, como um torpe caluniador! Estou inocente e não me pesa na consciência a infamante ação que me atribuis!

— Ladrão!

— Chacal!

— Miserável tratante!

E os três brâmanes insultavam-se mutuamente aos gritos, cada um deles acusando veementemente, como autores do furto, os dois outros companheiros de jornada.

Nesse momento passava casualmente pela estrada, de regresso de uma caça noturna, o poderoso rei Odaba, senhor de Jhansi e Benares.

Ao notar o rei o desmedido e apaixonado furor com que os três brâmanes trocavam entre si toda sorte de impropérios, fez parar a sua comitiva e, ali mesmo, interrogou os exaltados peregrinos.

Batavana narrou-lhe respeitosamente tudo o que ocorrera e terminou jurando pelo céu de Brama que estava inocente do crime de que o acusavam.

Ordenou o rei que os três brâmanes fossem meticulosamente revistados. Guardas experimentados nesse delicado mister examinaram com o maior cuidado os três viajantes, mas nada encontraram de suspeito.

— Pelas cinzas de Tantrai! — exclamou o rei. — Um desses sacripantas é o ladrão, e como jurei mover guerra de morte aos malfeitores, prefiro castigar dois inocentes a ter de perdoar o autor de um furto.

E, dirigindo-se aos chefes dos seus guardas, ordenou energicamente:

— Que sejam imediatamente enforcados esses cães hindus!

Ao ouvir tão impiedosa sentença, o mais velho dos brâmanes atirou-se aos pés do rei e, depois de beijar humilde a terra entre as mãos, assim falou:

— Senhor! Por um dever de consciência não posso ocultar a verdade! Os meus dois companheiros estão inocentes e nada têm que ver com o roubo praticado! O ladrão sou eu!

E narrou, com voz calma e pausada, o seguinte:

— Levantei-me durante a noite, sem que os meus companheiros percebessem, saí do caravançará, fui ter ao lugar onde havia ocultado o dinheiro, retirei-o de lá escondendo-o debaixo daquela pedra que se avista daqui. Feito isso voltei para o caravançará e deitei-me novamente para só acordar hoje pela manhã. Com receio de que os meus amigos descobrissem o meu crime, procurei acusá-los a fim de afastar de mim qualquer suspeita! Sou, ó rei, o único culpado e só eu mereço o castigo de morte!

— A minha palavra está dada — explicou o rei. — Jurei que enforcaria o ladrão e sou forçado a ordenar a tua imediata execução!

Mal ouvira tais palavras, o segundo brâmane — como se fosse impelido por uma força irresistível — aproximou-se do rei e disse-lhe humilde:

— Senhor! Não posso ficar indiferente ao ouvir de vossos lábios a sentença que condena à morte o meu amigo. Batavana está completamente alheio ao roubo das trinta moedas. O verdadeiro ladrão sou eu! — E o brâmane Latasari narrou o seguinte: — Quando ia bem profunda a noite, sem que meus companheiros percebessem, levantei-me cauteloso, saí do nosso refúgio e vim ter aqui sob a árvore junto da qual havíamos enterrado o dinheiro. Retirei as trinta moedas de ouro e escondi-as, com o maior cuidado, ao pé daquela grande palmeira que se ergue junto ao caravançará! Hoje, pela manhã, quando os meus companheiros deram pela falta do depósito, procurei acusar Batavana, a fim de que não pesassem sobre mim as suspeitas. Sou eu, portanto, ó rei generoso, quem merece o castigo!

— É de causar assombro a tua declaração — replicou o rei. — E o caso já se torna mais interessante para mim. Se Batavana não roubou as trinta moedas, mentiu confessando-se autor de um crime que não praticara.

Ordenou por isso o monarca que Batavana e Latasari fossem castigados — um, como ladrão confesso, e o outro, por ter faltado à verdade perante a pessoa sagrada do rei.

Nesse momento, porém, o terceiro brâmane ajoelhou-se aos pés do soberano e, depois de beijar humildemente a terra entre as mãos, assim falou:

— Rei de Svisthri e Sangara! Que o Senhor da Compaixão lance sobre vós o Seu olhar misericordioso! Não tenho coragem para assistir ao sacrifício dos meus dois bons amigos Batavana e Latasari. Ambos estão inocentes! O ladrão das trinta moedas sou eu!

E, à semelhança de seus companheiros, o brâmane Viprasada contou que se levantara durante a noite, sem que seus amigos notassem, e indo ao lugar onde haviam escondido o dinheiro de lá retirara as trinta moedas escondendo-as depois junto a um marabuto[1] nas proximidades.

— Se quereis castigar o verdadeiro culpado, ó rei! — concluiu Viprasada — sobre mim unicamente deveis fazer recair o rigor de vossa justiça!

— *Tabarahu!*[2] — exclamou o rei ao ouvir a inesperada confissão do terceiro brâmane. — Como descobrir, afinal, o

[1]Pequena construção feita, em geral, de pedra, para conservar a lembrança do lugar em que foi sepultado um santo (marabu).
[2]Exclamação pura: Significa: "É espantoso!"

culpado? Quero saber certo qual desses brâmanes é o ladrão, pois asseguro que dos três apenas um confessou a verdade! Que sejam feitas pesquisas junto à pedra, debaixo da palmeira e nas proximidades do túmulo do marabu!

Essa ordem do rei trouxe, como consequência, uma descoberta notável. O oficial encarregado das buscas encontrou debaixo da pedra indicada pelo primeiro bramâne trinta moedas de ouro; junto à palmeira a que se referira Latasari, foram também encontradas outras trinta moedas de ouro; igual quantia foi achada a poucos passos do túmulo do marabu!

— Pelo ídolo sagrado de Mastuj! — exclamou o rei — como é possível que a mesma quantia seja roubada três vezes e que trinta moedas se transformem em noventa? É possível que esses homens não tenham mentido, mas essa história está mal contada!

Os brâmanes, porém, juraram que haviam dito a verdade. Cada um deles garantia que roubara trinta moedas, sem que soubessem explicar o aparecimento das sessenta que sobejavam.

— Essa história está mal contada! — repetia o rei. — Não posso admitir essa multiplicação das moedas roubadas!

E resolveu prender os três brâmanes até que a verdade fosse devidamente apurada e esclarecida.

Os sábios matemáticos, chamados ao palácio do soberano, e consultados sobre o caso, não souberam explicar pelas fórmulas algébricas, nem pelas figuras da Geometria, o mistério das trinta moedas que se transformaram em noventa por terem sido roubadas três vezes!

O rei Odaba, ao ver que eram baldadas as pesquisas, inúteis os interrogatórios e infrutíferos os estudos a que mandara proceder, fez anunciar ao povo que daria uma boa recompensa a quem desvendasse o caso singular dos três brâmanes.

Dez elefantes (sendo um deles branco!), duzentos camelos, um palácio e três caixas de joias eram, na verdade, um prêmio capaz de levar toda a sagacidade do Islã à tentativa de resolver o famoso enigma!

Nesse mesmo dia foi ter à presença do rei um jovem persa que se dizia capaz de explicar satisfatoriamente o intrincado mistério das noventa moedas.

— Quero apenas, ó rei magnânimo! — disse o desconhecido — duas recompensas. A primeira é que Vossa Majestade mande perdoar os três brâmanes, e a segunda, que me conceda a mão de sua filha em casamento!

— Cão atrevido! — exclamou o rei, exaltado. — Aceito a tua louca proposta sob uma condição: se não souberes resolver o caso das noventa moedas serás degolado sem remissão!

Na presença dos juízes, nobres e filósofos chamados ao palácio, o jovem persa narrou o seguinte:

— O meu nome é Kibrizi-Mehemet, e sou natural de Chiraz. Tendo resolvido fazer uma longa viagem pelo mundo, recebi de meu pai duas bolsas com dinheiro. A primeira continha o suficiente para os meus gastos durante a jornada. "Quanto ao dinheiro da segunda bolsa", disse-me meu velho pai, "peço-te que o empregues apenas em evitar brigas ou desavenças entre os homens." Jurei que assim procederia e parti. Devo dizer que sou prudente e nunca procuro asilo nos caravançarás. Certa noite estando, como de costume, abrigado no alto de uma árvore, vi chegarem três brâmanes, ouvi a combinação feita entre eles, e observei que um deles enterrou, exatamente debaixo do lugar em que eu me encontrava, as trinta moedas de ouro.

Fiquei de sobreaviso. Durante a noite ouvi leve ruído. Era o primeiro brâmane que vinha cautelosamente roubar o dinheiro que ele próprio enterrara. "Amanhã vai haver briga entre eles", pensei. E mal o ladrão se afastara, desci da árvore e coloquei no lugar outras trinta moedas de ouro, voltando em seguida para o meu refúgio. Momentos depois, vi o segundo brâmane aproximar-se da árvore. E, com espanto, compreendi que ele viera, como o anterior, para roubar os companheiros. E, resolvido a cumprir o juramento que fizera a meu pai, desci da árvore novamente e repus a quantia roubada. Era o meio que encontrara de evitar a rixa que antevia fatal no dia seguinte. Pouco antes de nascer o sol, vejo do meu leito improvisado entre galhos da árvore chegar o terceiro brâmane, e, tão desonestamente como os outros, retirar, por sua vez, as trinta moedas que julgava pertencerem, em parte, aos seus amigos. Procedi, ainda uma vez, à reposição da quantia subtraída. "Agora sim", pensei, "não haverá mais luta entre os brâmanes. Cada um deles há de admirar-se da inexplicável restituição, mas nada poderá reclamar dos companheiros!" Ao romper do dia, continuei a minha viagem sem mais pensar no caso. Estive na China e visitei, durante vários meses, o país de Chang-li. Ao chegar hoje, de regresso, a esta cidade, soube do desejo que Vossa Majestade punha em esclarecer o misterioso caso dos três brâmanes, e do prêmio que generosamente oferecia àquele que pudesse desvendá-lo.

Estava explicado o mistério. O rei Odaba mandou pôr em liberdade os três brâmanes, e aceitou como genro o inteligente e honesto Kibrizi-Mehemet. E, alguns anos depois, quando carregava nos braços o netinho querido, costumava dizer-lhe sorrindo:

— Menino! Essa história está mal contada!

As Três Recompensas

Era em Mossul, na terceira lua do mês de Rajeb-aul do ano 403 da Héjira.

A grande caravana de mercadores, que seguia anualmente para Basra, com estofos e sedas, terminara os últimos preparativos para a longa jornada, pelo deserto.

Ao cair da noite, o jovem Abul Firaz ibn Kharsian — o mercador — chamou seus guias, servos e escravos e disse-lhes:

— Amanhã, ao nascer do dia — se Alá quiser! — partiremos com a nossa caravana para Basra, acompanhando a estrada de Erbil e Kerkuk. Quero, à hora da partida, que todos os homens estejam prontos, os camelos carregados e as tendas arrumadas! *Mahissalemá!* Podem ir! Que Alá os proteja!

Saíram todos. Abul Firaz ficou a sós em meio de sua tenda a meditar. Sobre seus ombros pesavam as responsabilidades de chefe da caravana. Seria bem-sucedido? Seria infeliz? Só Alá — o Altíssimo — conhece o futuro dos homens; tudo o que ocorre na terra está escrito — *Maktub!* Que adianta, pois, pensar no dia de amanhã?

Assim meditava o jovem Abul Firaz, quando ouviu que alguém de fora chamava repetidas vezes pelo seu nome:

— *Uallah!* Quem chama por mim que entre! — exclamou.

Surgiu então, diante dele, um homem alto, forte, vestido com apurado gosto. Fazia-se acompanhar por um escravo hindu que empunhava grande lanterna de duas luzes.

— Por Alá sobre ti! — exclamou Abul Firaz. — Que desejas de mim? Qual o motivo de tão inesperada visita? Não sabes, ó muçulmano!, que devo partir amanhã para Basra?

— Perdoai-me, ó jovem! — respondeu — se em tão má hora venho procurar-vos! O meu amo e senhor, o xeque Chihab-Eddin El-Ghazzani El-Kahyyat, deseja falar-vos com a máxima urgência!

Abul Firaz conhecia, desde muitos anos, o xeque El-Kahyyat — o homem mais rico e generoso de Mossul. Aquele chamado estranho e inesperado causou-lhe, porém, indizível surpresa.

— Irei dentro de alguns minutos ao palácio do xeque — respondeu sem hesitar. — Sei que ele é justo e honrado. Queira Alá, porém, que não me venha a suceder, por causa dessa visita, alguma desgraça!

Momentos depois chegava Abul Firaz ao grande palácio de El-Kahyyat. O ancião, que se achava no leito, gravemente enfermo, pediu ao mercador que se sentasse perto dele e, depois de fazer com que todas as outras pessoas deixassem o aposento, disse-lhe, em tom confidencial:

— Só hoje, ó jovem, fui avisado da tua partida para Basra como chefe da grande caravana de mercadores. Sei que és honesto e valente. Julgo-te o único homem capaz de levar até Basra uma vultosa quantia em dinheiro.

— E para quem é esse dinheiro? — perguntou Abul Firaz.

— Escuta, meu filho. Estou velho e sinto-me doente; bem sei que poucos dias me restam de vida. Não quero, entretanto, morrer sem ter enviado uma boa recompensa e melhor auxílio a três homens de Basra.

— *Samaan wua taatam!* Escuto-vos e obedeço-vos! — respondeu Abul Firaz. — Juro pelo profeta e pelo Livro Sagrado que farei exatamente o que por vós me for determinado!

O rico xeque, depois de agradecer, comovido, a dedicação de Abul Firaz, apontou para três caixas que estavam no chão e disse-lhe:

— Aquelas caixas encerram o dinheiro que desejo enviar. Na primeira, que é a menor de todas, há mil dinares de ouro; a segunda contém dois mil dinares; a terceira, que é das três a maior, encerra cinco mil! Em Basra, quando lá chegares, deverás entregar a primeira caixa a um velho joalheiro chamado Walid Ben-Mamid que mora junto ao mercado; a segunda, entregarás ao famoso escriba, Ali Mohamed Selam, El-Batal; a terceira, finalmente a mais valiosa, deverá ser entregue a um dos ulemás de Basra, o judicioso Hamed Abdallah El-Hasein, que mora no quarteirão de Ech-Chunha!

— Xeque dos xeques! — exclamou Abul Firaz. — Perdoai-me a curiosidade! Que fizeram, porém, esses homens para receber tão grandes recompensas?

— Prestaram-me inestimáveis serviços! O primeiro, a quem mando a caixa com mil dinares, arriscou, certa vez, a vida para salvar todos os meus haveres! A esse homem generoso devo a riqueza que possuo!

— Por Alá! — contraveio Abul Firaz. — Creio bem que a esse corajoso muçulmano é que devia caber maior recompensa! Por que recebem os outros dois quantia muito maior?

— O motivo é simples — explicou o ancião. — Se na verdade o primeiro livrou-me da miséria salvando-me os bens, o segundo, a quem mando dois mil dinares, salvando-me certa vez a vida, livrou-me da morte! E bem sabes, ó jovem!, que acima das maiores riquezas da terra devemos colocar a nossa vida!

— Xeque generoso! — retorquiu o jovem. — Se, pela vontade do Onipotente, Ali Mohamed vos arrancou das garras da morte, por que não cabe então a esse vosso abnegado salvador a dádiva mais preciosa? Não há, penso eu, para o homem, bem mais precioso do que a vida! Não vejo, pois, motivo algum para que o sábio Hamed receba a recompensa maior!

— Em teu julgamento escasseia a ponderação — advertiu o xeque. — Garanto-te, porém, que dando ao ulemá a maior recompensa, procedo com lealdade e justiça. E a razão é simples. O generoso Hamed Abdallah conseguiu, certa vez, desfazer uma grande intriga que contra mim preparavam homens perversos e invejosos. Não fora o valioso auxílio desse grande amigo eu seria acusado injustamente e preso como ladrão! Ao sábio Hamed Abdallah eu devo, portanto, o nome puro e honrado que hoje tenho! — E o ancião concluiu com voz pausada e clara: — Bem sabes, ó jovem!, que acima das riquezas e da própria vida deve o homem colocar, bem alto, a sua honra!

A Ciência da Vida

Naquele ano um acontecimento inesquecível perturbou a secular tranquilidade da pequenina vila de Anadir.

Assinalemos o caso; o jovem e talentoso Namedin, filho do xeque Omar Iruã, depois de longa ausência, regressava ao seu torrão natal, trazendo o diploma que lhe fora conferido pela famosa Universidade de Bagdá.

E o inteligente Namedin não perdera tempo na capital; segundo o dizer das pessoas cultas, era o nosso herói motivo de orgulho para a sua terra, e de glória para a sua família. Aprendera, durante seis anos, com sábios muçulmanos, a ciência imensa que vem nos livros. Estudara, além do mais, a Filosofia, a Matemática cheia de fórmulas, a Lógica com seus belos princípios, a Retórica, a Astronomia e vários outros ramos fecundos do conhecimento humano.

O rico xeque Omar Iruã, figura de relevo na cidade, proclamava com paternal vaidade aos amigos:

— Meu filho, senhores, pela cultura incomparável que possui, é capaz de discutir trinta dias com os ulemás do Egito e da Palestina!

Ulemá — como todos sabem — é sinônimo de homem que se destaca pelo saber e pelo estudo. E pouco faltava para que Namedin, apesar de sua juventude, fosse consagrado pelos seus concidadãos com o honroso título de "ulemá".

E em Anadir, afinal, desde a mesquita até o *hamã*[1] não se comentava outra coisa. As lendas mais espantosas brotavam no meio das rodas que palestravam. Dizia um que Namedin conhecia os cento e trinta mil segredos do Alcorão; garantia outro que o jovem sabia de cor todas as páginas de Ibn Batuta, o sociólogo; afirmava um terceiro que o mancebo resolvia equações e fazia cálculos com letras. E não havia, é certo, muito exagero nessas indicações. O recém-formado era douto entre os mais doutos.

Ao cair da tarde, em meio dos festejos, o xeque Omar Iruã chamou o jovem bacharel e disse-lhe:

— A tua fama, meu filho, deslumbra e assombra a nossa pequenina terra. É preciso, porém, que, em prova pública, possas justificar o alto conceito em que és tido pelos nossos conterrâneos.

[1]Casa de banhos.

— Que devo fazer, meu pai? — perguntou o rapaz.

— Nada mais simples — explicou o velho. — Hoje, à noite, depois da prece,[2] haverá uma reunião na mesquita. Lá estarão presentes os homens mais ricos de Anadir e também o nosso venerável mufti Dijá-Eddin Abdel-Anurek Ben-Abdallah com seus conselheiros, cádis e secretários. Farás, nessa ocasião, um eloquente discurso no qual demonstrarás que és um conhecedor profundo da verdadeira ciência da vida. Com esse discurso deverás impressionar principalmente o mufti,[3] nosso ilustre chefe e judicioso amigo.

— Assim farei, meu pai — volveu com segurança o moço. — Asseguro-te que o povo ficará deslumbrado com as minhas arrebatadoras palavras.

E, nessa mesma noite, realizou-se na mesquita a reunião solene. Ao templo compareceram os elementos mais representativos da sociedade muçulmana: xeques, com seus turbantes de seda, ricos mercadores, escribas, doutores etc.

O jovem Namedin, ao subir para a tribuna que lhe fora destinada, com um rápido olhar, examinou o público numeroso que ia ouvi-lo. Avistou logo o velho mufti, imponente, com suas veneráveis barbas derramadas sobre o peito.

Ditas as palavras do ritual: "Em nome de Alá, Clemente e Misericordioso", o nosso herói iniciou um vibrante discurso de apresentação.

---

[2]As preces obrigatórias para os muçulmanos são em número de cinco. A primeira, ao nascer do dia; a segunda, ao meio-dia; a terceira, tem lugar às quatro horas da tarde, mais ou menos; a quarta é proferida ao cair da tarde; e a última à noite. A prece deve ser precedida da ablução.

[3]Mufti — Espécie de prefeito e juiz. O mufti era encarregado do governo de uma cidade.

Discorreu, a princípio, sobre os grandes movimentos sociais dos povos civilizados, impelidos pelas correntes irresistíveis do modernismo. Pintou, com as cores vivas da eloquência, o panorama da vida arrebatada pelos fatores mais complexos das tendências sociais.

— Por Alá! Que talento! — murmuravam os ouvintes.

— E, amigos — continuava o jovem orador arrastado por um entusiasmo sempre crescente —, o mundo, queiram ou não queiram os espíritos tacanhos, marcha para a frente levado por um ideal invencível de aperfeiçoamento. E a nossa infeliz Anadir fica imóvel, abandonada à margem do progresso, como se fora uma cidade morta e esquecida. E quereis saber por quê? Eu vos direi a verdade. O governo desta terra está entregue ao velho mufti, homem decrépito, incapaz de compreender as tendências modernas da sociedade. Como pode um espírito rotineiro, inculto, arcaizante, admitir as transformações impostas pelo progresso? Jamais há de prosperar uma cidade cujo destino está nas mãos de um ancião sem a indispensável energia e sem a necessária capacidade administrativa.

Essas palavras, que feriram o homem de maior prestígio na cidade, causaram aos muçulmanos um escândalo nunca visto.

O mufti ouviu impassível a parlenda do moço como se nada tivesse compreendido; fez, apenas, um ligeiro sinal com os olhos a um de seus auxiliares e este murmurou:

— Logo, ao sair, veremos.

E quando Namedin, orgulhoso pela sensação causada, deixava a mesquita, foi de súbito agarrado por três capangas e espancado impiedosamente.

A sova foi tão violenta que o imprudente perdeu os sentidos e teve de ser carregado por alguns amigos para a casa de seus pais.

Muitos dias depois, quando já se achava convalescente dos ferimentos recebidos, falou ao pai e queixou-se do procedimento indigno do mufti, que fora o mandatário da bárbara agressão.

Disse-lhe, então, o velho xeque:

— O mufti assim procedeu, meu filho, por um motivo muito justo. Ele quis mostrar que, apesar do curso de seis anos que fizeste na Universidade, ainda ignoras, por completo, a Ciência da Vida. Vais, portanto, por minha ordem, voltar novamente para Bagdá e estudarás mais um ano com os sábios filósofos. Veremos depois se findo esse novo prazo terás adquirido os conhecimentos indispensáveis sobre a verdadeira Ciência da Vida.

Namedin, obrigado a obedecer à resolução paterna, voltou para Bagdá e durante vários meses frequentou os cursos da Universidade.

Quando regressou outra vez ao seu torrão natal foi festivamente recebido por seus antigos camaradas.

Houve, como da primeira vez, sob a presidência do mufti, uma grande reunião na mesquita e o jovem Namedin foi convidado a proferir um discurso.

Ao tomar lugar na tribuna, o nosso herói avistou a figura imponente do mufti que, rodeado de seus íntimos, aguardava, como da outra vez, solene, a palavra do orador.

Namedin, em longos e eloquentes períodos, fez o elogio do povo fiel de sua terra natal que ele qualificou de "próspera e progressiva". Falou, em seguida, da figura do mufti, esse ancião venerável, "modelo de virtudes", "xeque dos xeques", "amparo da justiça", "inspirado de Alá" e mil outros elogios que deixaram o mufti sensibilizado e comovido.

E, com um brilho incomparável, Namedin assim falava:

— E devo dizer ainda, ó irmãos dos árabes!, que o nosso glorioso mufti pelas suas excelsas virtudes, pela sua vida exemplar e digna, é um verdadeiro santo! E qual é a homenagem que os fiéis muçulmanos devem prestar aos grandes santos do Islã? Determina o Alcorão, o Livro de Deus: "Conservai dos homens dignos os bons exemplos e venerai as suas relíquias." Cumpre-nos pois, como um dever sagrado, conservar do nosso santo mufti uma relíquia qualquer. E das relíquias dos santos as mais preciosas são constituídas pelos fios de barba. Que cada um dos bons fiéis conserve do nosso virtuoso mufti um fio de suas veneráveis barbas.

E, depois de proferir tais palavras, o jovem Namedin desceu da tribuna, dirigiu-se ao mufti, inclinou-se respeitoso e com a ponta dos dedos arrancou delicadamente um fio das longas barbas do ancião.

O mufti, lisonjeado em sua vaidade em face da extraordinária homenagem, agradeceu e abraçou risonho o nosso herói.

O exemplo de Namedin foi logo seguido por várias pessoas que se achavam perto. Ao fim de alguns minutos, verdadeira legião de fanáticos atirava-se sobre o velho mufti que se sentia puxado pelas barbas e maltratado pelos seus devotados servos. Os fiéis faziam empenho em obter uma relíquia do "santo".

Com o rosto a sangrar e as vestes em farrapos conseguiu o mufti fugir dos exaltados muçulmanos.

E o inteligente Namedin rejubilava-se da lembrança que tivera. Estava vingado da sova tremenda que um ano antes recebera por ter sido sincero.

E, nessa noite, seu pai disse-lhe orgulhoso:

— Agora sim, meu filho, já conheces perfeitamente a verdadeira Ciência da Vida.

A Profecia do Dervixe

Conta-se que durante a revolução que agitou a velha cidade de Kabul, nos últimos meses do infeliz reinado do emir Abdallah El-Ghazi, apelidado O Falso, ocorreu um episódio que aparece, aliás, narrado com notável brilhantismo, num dos mais belos poemas do inesquecível poeta muçulmano Abul Fares Ilfichtali.

Na primeira noite sem lua do mês de djomada, os rebeldes, chefiados pelo valente Asakir, resolveram assaltar de surpresa o palácio real. O ataque foi iniciado simultaneamente pelo rio, junto à ponte de Khalfa, e pela praça de Charikar, que ficou, depois de sucessivos combates, reduzida a um montão de escombros.

Poderosa guarda de mercenários curdos, assoldadados pelo déspota, resistiu, até às primeiras horas do dia, ao ímpeto dos assaltantes. Já muito alto ia o sol no céu da Pérsia, quando os infatigáveis combatentes de Asakir conseguiram, a golpes de audácia, esmagar os defensores e transpor os umbrais de mármore do palácio real. E sempre combatendo, de sala em sala, pelas ricas escadarias e suntuosos aposentos, pisando cadáveres e saltando, de *kandjar* em punho, sobre os que os enfrentavam, chegaram à deslumbrante sala do trono, onde se entrincheirara o último núcleo de resistência.

Foi no rico salão do emir — que os nobres curdos denominavam divã real — que mais acesa andou a luta. Conta-se que o chão ficou atapetado de cadáveres e de guerreiros agonizantes.

Os rebeldes, obtida a vitória, passaram à triste faina de socorrer os companheiros feridos. Entre as numerosas vítimas encontraram um jovem de quinze anos que arquejava em meio de uma poça de sangue, o peito varado por uma lança.

Um dos soldados de Asakir, tocado pelo infortúnio do nobre menino, tomou-o nos braços, e, como não encontrasse onde acomodá-lo, deitou-o cuidadosamente no riquíssimo trono de ouro e púrpura.

E ali, qual um formoso príncipe da lenda, no trono mais rico do Oriente, o moço guerreiro de Kabul deixou pender a cabeça sobre o peito ensanguentado e cerrou para sempre os olhos negros e serenos.

Asakir, o chefe, que casualmente passava naquele momento pelo divã real, ao ver o cadáver do malfadado jovem deitado no trono dos xás, interpelou os soldados que fitavam penalizados aquela bela esperança desfeita:

— Quem é esse menino? Como veio ele parar aqui?

— Senhor — respondeu um dos guerreiros. — Conheço, infelizmente, esse pobre adolescente. É o filho único do velho Harim Saad, rico mercador do bairro de Bali-Hassa. Por uma temeridade inqualificável, ele entrou no palácio, juntamente com as nossas tropas, durante o assalto.

Exclamou Asakir:

— Que Alá, o Único, castigue, sem compaixão, o pai inconsciente, que deixa um filho andar à solta pela cidade num dia em que a guerra semeia desenfreadamente a morte e o infortúnio!

— Procura o velho Harim Saad! — ordenou. — Quero que o insensato, para seu castigo, venha buscar aqui o corpo desse desditoso e belo rapazinho!

O curdo que recebera a ordem do chefe partiu sem demora para o bairro de Bali-Hassa. Lá chegando, correu à loja do velho Harim Saad a cuja porta o encontrou a fumar descuidado o seu narguilé de prata.

— Sabes onde está teu filho, ó insensato? — perguntou o soldado ao chegar.

— Sei, sim — respondeu-lhe o mercador. — Meu filho foi assistir ao assalto dos revoltosos ao palácio do rei!

— E não receias que aconteça alguma desgraça ao pobre menino?

— Desgraça ao valente Ben-Harim? De modo nenhum — afirmou o ancião. — Tenho motivos para nada temer em relação à sorte de meu filho!

E, esclarecendo sua estranha atitude com a revelação de um segredo que lhe parecia muito caro, o velho Harim Saad ajuntou:

— Há doze anos, quando estive em Bagdá, consultei um sábio dervixe que se achava na cidade dos califas e pedi-lhe que lesse na areia sagrada o futuro daquele que seria o herdeiro único de meus bens. E as palavras desse santo muçulmano tranquilizaram para sempre o meu coração de pai. Desse dia em diante, nada mais receio, nem poderia recear, pela sorte de meu estremecido filho! — Harim Saad, erguendo-se orgulhoso, concluiu com voz calma e segura: — E sabes, meu amigo, o que disse o astrólogo de Bagdá? Apenas estas palavras: "O teu filho, ó mercador, há de morrer num trono!"

O Mais Generoso dos Xeques

Os homens paravam respeitosos para saudá-lo, quando o xeque Elmadin Rayekh atravessava as ruas sombrias e tortuosas de Marrakech:

— Salã! Salã ao mais generoso dos xeques!

— *Allah badique ia sidi!* (Deus vos conduza, ó chefe!)

— *Iuladi velodé il ej-jinna!* (Seja o Paraíso a morada de vossos pais!)

Ao ouvir aquelas expressões tão eloquentes que traduziam o sentimento de gratidão que vivia na alma do povo, uma dúvida, por vezes, insinuava-se em meu espírito: Sidi Elmadin seria, realmente, merecedor daquelas homenagens? Não haveria exagero em sublinhar-se o seu nome com as tintas que assinalam os diletos de Alá?

Um dia, afinal, o destino levou-me a assistir a uma cena que me abalou profundamente.

— Vou contá-la, ó irmão dos árabes!, e julgarás o caso segundo os ditames de teu coração.

"Achava-me, certa vez, pouco antes da terceira prece, no pátio da mesquita de Iazid, em companhia de Sidi Elmadin e de um perfumista de Casablanca. Conversávamos descuidados sobre um crime ocorrido, dias antes, em Bab Berrimas, quando vimos aproximar-se de nós um ancião andrajoso e trôpego.

"'Uma esmola!', implorou, humilde. 'Uma esmola pelo amor de Alá!'

"Sidi Elmadin tirou da bolsa uma rica moeda de ouro e depositou-a nas mãos trêmulas do velho.

"Ao receber a preciosa libra o mendicante exclamou:

"'*Yah abu'l jazl!* (Ó pai da excelência!) Seja Alá o vosso guia e amparo, e que a sombra da ventura seja a vossa própria sombra.'

"Ninguém poderá avaliar o espanto que me invadiu, quando vi o xeque dirigir-se ao mendigo, tirar-lhe a peça de ouro (que momentos antes lhe dera), e, em troca, meter-lhe nas mãos um dinar de prata.

"'Espera, meu velho', explicou, meio constrangido. 'Enganei-me ao tirar da bolsa o dinheiro.'

"E, apontando para o dinar ajuntou:

"'É esta a moeda que pretendia oferecer-te!'

"O pedinte, depois de revirar entre os dedos grossos a rutilante moeda (de valor bem menor que a primeira), fez ouvir novamente os seus sentimentos de gratidão:

"'*Yah abu'l!* (Ó pai da bondade!) Que Alá, o Misericordioso, abençoe os vossos filhos e os filhos de vossos filhos! Que a alegria viva sempre em vosso lar!'

"Maior foi, ainda, a minha surpresa quando vi o rico Elmadin, alegando novo equívoco, aproximar-se, outra vez, do pobre, arrebatar-lhe das mãos o dinar de prata e dar-lhe, em troca, uma ouquia, isto é, uma moeda de bronze de ínfimo valor.

"'Sinto contrariar-te, ó muçulmano!' , disse ao pávido mendigo o rico xeque, 'mas no momento só posso dispor desta ouquia.'

"Fosse eu o infeliz mendigo da mesquita (livre-me Alá, o Exaltado, desse triste destino!) não admitiria que um homem rico como Sidi Elmadin tripudiasse daquele modo sobre a minha miséria. Pelo manto do Profeta! (Com ele a paz e a glória!) Sem hesitar um segundo atiraria a ouquia nas barbas do arrogante xeque e cuspir-lhe-ia, por cima, o meu desprezo infinito.

"Bem diverso foi, entretanto, o proceder do mendigo. Sem demonstrar o mais leve ressentimento ou contrariedade, como se o seu coração já estivesse impermeável a todas as afrontas e indignidades da Vida, ajoelhou-se aos pés do xeque e assim falou:

"'*Yab abu'l Kamau!* (Ó pai da perfeição!) Que a generosidade de Alá caia para sempre sobre vossos ombros e que as vossas mãos dadivosas possam, por muitos e muitos anos, auxiliar os infelizes! Seja a felicidade a luz de vossos olhos!'

"Aquelas palavras impressionantes pela sinceridade com que eram ditas ecoavam torturantes em meu coração. Tive ímpetos de agredir Sidi Elmadin, atirar-lhe dois insultos pesados e afastar-me de sua presença. Contive-me unicamente para não macular com palavras de ódio e rancor as paredes veneráveis da grande mesquita. Notei que o perfumista, os braços cruzados sobre o peito, permanecia risonho, impassível, como se estivesse assistindo ao caso mais trivial do dia.

"Sidi Elmadin, pousando a mão no ombro do mendigo, disse-lhe:

"'Leva essa ouquia, meu velho, à casa de Bassã, o padeiro, e compra um pão!'

"No dia seguinte achava-me no suque de El-Quemis palestrando com Fauzi Sarid, o mercador, quando avistei Sidi Elmadin que passava a dez pés de nós.

"O mercador, que se achava a meu lado, dirigiu um afetuoso salã ao xeque:

"'*Yah abu'l nuzzaur!* (Ó pai da riqueza!) Queira Alá fazer-te cem vezes mais rico e mil vezes mais feliz!'

"E, notando que eu ficara silencioso, perguntou-me se, por acaso, eu não tinha a ventura de conhecer Sidi Elmadin, o mais generoso dos xeques.

"'Conheço-o de sobra', respondi com ironia. 'Esse ricaço pode iludir a todo mundo menos a mim.'

"E narrei-lhe o episódio que havia, na véspera, testemunhado em companhia de um perfumista de Casablanca.

"Respondeu-me o mercador:

"'Já soube desse caso que tanto espanto causou ao teu espírito, e a explicação da estranha atitude do xeque é muito simples. Ouvi-a, esta manhã, do perfumista que é amigo íntimo de Sidi Elmadin.'

"'Não vejo explicação alguma', repliquei, contrariado. 'Para mim ninguém tem o direito de humilhar um pobre!'"

"O mercador, procurando esclarecer a verdade, contou-me o seguinte:

"'Quando Sidi Elmadin avistou o velho andrajoso, julgando tratar-se de um falso mendigo, quis experimentá-lo. Que fez? Deu-lhe uma moeda de ouro e depois, alegando haver-se enganado, trocou a moeda por outra de prata. Se o mendigo tivesse palavras de revolta, revelando uma alma sórdida, e propensa à ingratidão, seria mandado em paz com a libra de ouro e com o dinar de prata. Tal, entretanto, não sucedeu. Vendo, embora, diminuída a esmola ele não deixou de manifestar novamente a gratidão que sentia pelo generoso benfeitor. Que fez o xeque? Procurou certificar-se da grandeza da alma do infeliz. Tomou a moeda de prata, que já dera, e substituiu-a por uma ouquia de bronze. Se se tratasse de um tipo vulgar, com o espírito caldeado pela inveja e pelo despeito, decerto o bondoso xeque teria sido injuriado por ter feito aquela segunda troca. O pobre, no entanto, revelando possuir sentimentos nobilitantes de paciência e resignação, mostrou-se conformado com a sorte, não se sentiu ofendido com o desvalor da esmola, nem se irritou com a perda dos dois outros valores.'

"'E que ganhou, afinal, o mendigo?', indaguei, arrastado pela curiosidade que o caso em mim despertara.

"'Aquela ouquia de bronze' , continuou o mercador, 'estava marcada, e o mendigo levando-a ao velho Bassã foi incluído na relação dos pobres da Fátima, sociedade mantida pelo xeque Elmadin. As pessoas socorridas por Fátima têm pão e agasalho para o resto de seus dias. Eis aí a recompensa que alcançou o velho da mesquita: o maior auxílio que poderia desejar!'

"'Bem vês, meu amigo', concluiu o mercador, 'que Sidi Elmadin é, sem dúvida, um dos homens mais sábios e mais generosos do mundo!'

"Nesse momento avistei o xeque, de pé, junto a uma das portas do suque. Na ânsia de reparar o erro do julgamento que eu tivera a leviandade de proferir contra ele, ergui o braço e exclamei bem alto: *'Allah badique ia sidi!* (Deus vos conduza, ó Chefe!)'"

Os Escorpiões de Kashã

(Lenda Persa)

Na velha cidade de Kashã — depois de longa e fatigante caminhada pelo deserto — a nossa caravana parou, afinal, para um descanso forçado de alguns dias.

Notei com certa estranheza que as casas dessa velhíssima cidade persa eram, em sua grande maioria, rodeadas de pequenos canais cheios d'água, como se fossem plantas delicadas que um jardineiro prestimoso quisesse livrar da ação destruidora das formigas.

A um velho persa, que nos servia de guia nas viagens, perguntei, curioso, a razão daquele costume de isolar as casas, rodeando-as com os inestimáveis canalículos de água e lama.

— É por causa dos escorpiões! — respondeu-me risonho o bom do velhinho.

A cidade de Kashã — como depois tive ocasião de observar — é, em verdade, o lugar do mundo que possui maior abundância de escorpiões. A cada passo, nos campos, nas ruas, nos bazares e nas barracas, encontram-se os terríveis animalejos. Ao atravessar uma pequena praça, indo de uma casa para outra, esmagamos dois ou três dos perigosos aracnídeos de ferrão venenoso.

E contou-me, enquanto caminhávamos vagarosamente para a casa do governador, a interessante lenda por meio da qual os persas explicam a invasão daquele alude território de lacraus em Kashã.

— Havia outrora na Mesopotâmia, em épocas bem remotas, um rei chamado Schedad, que era senhor de Bagdá. Rico e poderoso como os antigos monarcas do Oriente, quis o rei Schedad ter a glória de possuir em sua capital um jardim tão belo e inebriante como o paraíso de Maomé e um antro tão feio e repugnante como o inferno do maligno!

"Mandou, pois, o grande monarca, que se construísse em Bagdá um parque maravilhoso que fazia realmente lembrar, por seus encantos e belezas singulares, os jardins tão sonhados do céu.

"Para rematar condignamente tão extravagantes projetos, resolveu o rei Schedad aproveitar uma gruta, escura e profunda, que havia perto da aldeia de Bakuka e nela construir um verdadeiro inferno. Colocou, ali, justamente com os instrumentos de tortura, seres monstruosos, hienas e vampiros.

"Um certo Hariri Saad, homem maldoso que exercia as funções de grão-vizir, querendo ferir a doentia vaidade do soberano, observou:

"'O inferno cuja construção foi por vós imaginada, ó Príncipe dos Crentes!, é uma obra, na verdade, grandiosa! Falta-lhe, entretanto, uma coisa que o completaria...'

"'Que falta?', indagou o monarca.

"'Faltam os escorpiões, ó generoso califa!', tornou o grão-vizir. 'Quem já teria visto, ó rei!, um inferno sem escorpiões?'

"Inferno sem escorpiões? Semelhante particularidade não acudia ao rei de Bagdá. Mas — dando crédito às palavras do ardiloso Hariri Saad — convenceu-se de que não podia haver um antro infernal sem que em seu chão rastejassem, como arma indispensável do mal, numerosos escorpiões de mortífero ferrão.

"Sem mais delongas, ordenou o monarca ao inteligente Abu Haddad — mago da corte — que fosse com numerosos e possantes camelos, pelas montanhas e desertos, e trouxesse para Bagdá todos os escorpiões que encontrasse.

"O mágico ouviu a ordem do rei e obedeceu-lhe. Partiu com uma grande caravana — oitenta e um camelos!, dizem os historiadores — e andou pela Arábia, pela Síria, pelo Egito e pela Pérsia a caçar e aprisionar lacraus venenosos, numa batida completa por entre pedras, ruínas e escombros de toda sorte.

"Afinal, passados dez anos, quando Abu Haddad voltava do interior da Pérsia com o formidável carregamento de escorpiões, soube casualmente, ao chegar junto à cidade de Kashã, que o rei Schedad fora assassinado, e que o famoso inferno de Bakuka os fanáticos haviam transformado num montão de ruínas.

"E aquela infindável coleção de escorpiões venenosos? Tornara-se, então, inútil, completamente inútil! Abu Haddad — o mago — sentiu que de nada mais valia aquela encomenda extravagante do rei Schedad. E, revoltado com a impiedade do destino, que lhe inutilizara a fatigante tarefa de dez longos anos, resolveu soltar, ali mesmo, o carregamento de lacraus!

"Abrindo, um a um, os pesados sacos que os oitenta e um camelos carregaram, deixou por terra, em liberdade, junto aos muros de Kashã, a medonha e imensa bicharada!

"Desde então — segundo essa velha lenda — os escorpiões passaram a constituir a maior praga da cidade de Kashã, legado pernicioso de um rei extravagante e perverso."

A Bússola

O guia, mostrando-se muito aflito, aproximou-se de mim e declarou, com voz trêmula:

— Sidi, estamos perdidos! Aquela tempestade de ontem perturbou-me! Já não sei mais qual o caminho a seguir! Estou desorientado! Que Alá nos ampare!

Fiquei bastante assustado ao ouvir tão inesperada revelação. Um dia de atraso em nossa marcha pelo deserto seria um desastre para as nossas tropas. Fiz parar a coluna da frente e fui levar imediatamente ao conhecimento do comandante a terrível declaração do guia.

O capitão Ralph, homem experimentado nas mais cruentas campanhas, não se mostrou perturbado com a notícia, e murmurou:

— Já sei o que esse miserável maometano quer!

Logo que o guia chegou, o capitão entregou-lhe uma bolsa de ouro em que retiniam várias libras, e disse-lhe:

— Olha, amigo. Soube que perdeste o rumo no deserto. É necessário, porém, que o encontres novamente. Aqui dentro desta bolsa há uma "bússola" magnífica! Vê se te orientas por ela!

O árabe, calmo, tomou da bolsa, examinou-lhe, com vagar, o conteúdo e dirigindo-se ao capitão, respondeu:

— Está bem, Sidi. Creio que esta bússola me vai ser muito útil.

Continuamos a marcha sem mais acidentes. Dois dias depois acampávamos às portas da cidade de Karb, ponto terminal da nossa jornada. Fiz ver ao comandante que já não eram mais necessários os serviços do guia árabe, convindo, portanto, dispensá-lo.

— Quero falar a esse homem! — declarou o capitão.

Mandei que um soldado fosse chamar o guia. Logo que este se apresentou, perguntou-lhe o capitão se a "bússola" que lhe dera servira para alguma coisa.

— Serviu-me perfeitamente, comandante — respondeu o guia.

— Está bem — tornou o capitão Ralph. — Está bem. Era só isso que eu queria ouvir da tua boca. Pois eu também me orientei perfeitamente pela mesma bússola.

— Não percebo, Sidi — observou o guia. — Por Alá! Não percebo!

— Eu explico — continuou o comandante. — Não ignoras que estamos em tempo de guerra. A Inglaterra precisa saber quais os seus leais servidores. Ora, um guia que se confessa perdido no deserto, e que se orienta de novo à vista de um punhado de ouro, não é um leal servidor da pátria: é um traidor e não pode merecer piedade. Assim, vais ser fuzilado imediatamente.

Ao ouvir aquela inesperada sentença de morte, o árabe tremeu, pálido, encostado à sua lança de jornada. Depois, procurando dominar o terror que o avassalara, fez menção de arrancar do cinto a bolsa fatídica.

— Não! — exclamou o capitão.

— Leva a tua bússola. Servirá, também, para a viagem que vais fazer ao outro mundo!

A voz de fogo foi dada por mim.

No País dos Bons Empregos

CAPÍTULO I

Um pedido exótico. — O cameleiro Nasir. — Sua vida ociosa. — Fala-se do país dos bons empregos. — Monturak, a terra ideal. — A caravana da Índia.

O poderoso sultão Abul Kasin Mahmud dava, certo dia, uma de suas costumeiras audiências públicas, no grande palácio da Crazna. Ia atendendo, solícito, aos numerosos súditos muçulmanos que o procuravam para implorar um favor ou recorrer ao seu elevado espírito de justiça, quando, em dado momento, se acercou dele um pobre cameleiro, que, depois de efetuar as saudações impostas pela estrita humildade muçulmana, falou deste teor:

— *Iaich raçak ia malek ozzmã!*[1] Deus conserve a vida preciosa do rei! Venho pedir-vos, ó Califa dos Crentes!, redução do meu salário, e acréscimo nas minhas horas de trabalho!

Aquele exótico pedido do cameleiro admirou ao sultão Mahmud mais do que o faria a notícia da rebelião das tropas muçulmanas da Índia, ou a nova da fuga das quinhentas huris do serralho imperial!

— Por Alá, ó cameleiro! — exclamou o sultão. — É de todo o ponto estranho e inexplicável o pedido que me fazes! Se não és um louco ou um visionário, conta-me o motivo que te impeliu a formular tão ilógica e desarrazoada solicitação.

Respondeu o cameleiro:

— Escuto-vos e obedeço-vos! E, com voz pausada e clara, iniciou o seguinte relato: — *Iaich raçak ia malek ozzmã!* Deveis saber, ó Rei dos Reis!, que o meu nome é Nasir Ahmed, e que sou natural de Mossul. Meu pai, que à custa de muitos esforços nos granjeara sempre um passadio farto, morreu inesperadamente, deixando a família em penúria extrema. Vi-me, assim, do dia para a noite, obrigado a procurar trabalho e emprego, a menos que sofrêssemos as torturas da fome e todos os horrores da miséria. Como tivesse vivido até então na maior ociosidade, a folgar com ruins companheiros e maus amigos, não me agradava ser coagido a trabalhar todos os dias. Ouvi, porém,

[1]Saudação árabe: "Deus proteja a cabeça do rei."

da boca de mercadores e aventureiros que iam a Mossul, haver na Pérsia, para além de Mazanda, uma grande cidade chamada Monturak onde era fácil arranjar-se emprego suave e rendoso. "É precisamente Monturak o país dos bons empregos!" Dias depois, meti-me numa grande caravana, que jornadeava para a Índia, parti em busca da famosa cidade persa, onde pretendia viver, gostosamente, uma vida regalada e satisfeita.

CAPÍTULO II

Nasir chega a Monturak. — O homem do turbante branco. — Seu primeiro e original emprego. — A casa das trinta e seis janelas. — Os manjanins perigosos. — Nasir escapa de ser trucidado.

"Cumpre-me dizer-vos, ó rei afortunado!, que cheguei ao 'país dos bons empregos', depois de muitos meses de viagem. Monturak fica no alto de pequena colina. Já me dispunha a subir por uma tortuosa ladeira quando de mim se acercou um homem baixo, de turbante branco, luxuosamente vestido, que, depois de uma saudação respeitosa, me perguntou carinhosamente: 'És estrangeiro, meu filho?' Respondi-lhe que era de Mossul e que viera até aquela cidade em busca de trabalho. 'Por Alá! Sobre ti e ao redor de ti!', exclamou o desconhecido. 'Em boa hora chegaste! Posso oferecer-te um ótimo emprego, que te há de servir esplendidamente!' Aquela oferta do homem do turbante branco vinha comprovar a exatidão das informações que me haviam dado os mercadores persas. Monturak era, na verdade, o país dos bons empregos. Mal se chegava ali, obtinha-se invejável colocação! Vendo-me pensativo, o desconhecido, porque supusesse, talvez, que eu hesitava em aceitar-lhe a proposta, prosseguiu: 'O emprego que te ofereço, ó jovem!, é bem remunerado e de trabalho reduzidíssimo!' 'Que emprego é?', perguntei. Respondeu-me o desconhecido: 'É muito simples. A casa em que moro tem duas portas e trinta e seis janelas. As minhas ocupações são tantas que não me sobra tempo para fechar as janelas, à noite, e abri-las, pela manhã. Quero um empregado que se encarregue apenas desse serviço. Serve-te o arranjo? Ganharás, além do *bakchich*,[2] vinte dinares por dia!' Declarei, imediatamente, que aceitava aquela magnífica situação. O salário era principesco e o trabalho, sendo insignificante, deixava-me o dia inteiro livre para dormir, folgar e *atanazah alkaif*![3] Nesse mesmo dia, ao cair da noite, apresentei-me na casa indicada, para iniciar-me no meu serviço. Pretendia eu fechar as trinta e seis janelas em poucos minutos, receber o meu salário e partir para a taverna mais próxima. A princípio não encontrei a menor dificuldade em desobrigar-me do combinado. Quando, porém, entrei num dos aposentos da casa, atiraram-se sobre mim, como verdadeiras feras, cinco ou seis homens, que gritavam, ao mesmo tempo: 'Fecha! Não fecha! Abre!' Só então percebi que aquela casa

[2]Pequena gratificação.

[3]Expressão intraduzível. Significa aproximadamente: "descansar ou divertir-se sem cuidados".

era um hospital de loucos, e que todas as janelas davam para pequenos cubículos, onde viviam alienados perigosos. Foi a muito custo que me livrei de ser trucidado pelos *manjanins*.[4] Ainda assim, fiquei bastante ferido e maltratado. Fugi, quase a correr, daquele nefando manicômio. Não me convinha o tal emprego, a não ser que eu quisesse, no curto espaço que medeia entre a manhã e a *filleile*,[5] arriscar a vida um centenar de vezes!"

CAPÍTULO III

No bazar de Monturak. — O homem das barbas negras. — Novo emprego de Nasir. — A vida misteriosa de Tholuck. — Nasir, amigo de um paxá. — O homem de turbante esfarrapado. — Espancamento cruel. — Conselhos de um marabu.

"Tenho a dizer-vos, ó Rei dos Tempos!, que ao sair da casa dos loucos, parti para o bazar de Monturak, onde supunha ser fácil arranjar um bom emprego. Cruzava as portas de uma hospedaria, quando um homem corpulento, de barbas negras, acenou para mim, chamando-me. Aproximei-me dele e perguntei-lhe o que desejava. 'Aonde vais assim apressado?', indagou. Respondi que era de Mossul e que ia ao bazar, à procura de trabalho. Disse-me, então, o homem das barbas

[4]Indivíduos privados do uso da razão.
[5]Hora que precede a última prece.

negras. 'Se como dizes, és estrangeiro e novo nestas paragens, posso arranjar-te um bom emprego!' E, antes que eu lhe pedisse qualquer esclarecimento, tomou-me da mão e foi por diante: 'Não tenho parentes, nem amigos. Preciso de um companheiro que se disponha a passear comigo! Queres essa ocupação? Ganharás trinta dinares por dia e passarás vida boa e regalada!' Aceitei, sem hesitar, o belo emprego que tão generosamente me era oferecido. E quem, no meu lugar, se lembraria de formular uma recusa? Desse momento em diante, passei a ser companheiro inseparável do rico e generoso Tholuck el-Motid. Ganhava trinta dinares por dia, e só me obrigava a acompanhar o meu bom paxá ao *hamã*,[6] às tavernas e aos *maraques*.[7] Um dia, porém, pela manhã, enquanto o meu amo Tholuck dormia placidamente, levantei-me e, sem nada dizer-lhe, fui dar, a sós, um passeio pela cidade. Ao passar, despreocupado e feliz, por uma praça, um velho de turbante esfarrapado, apontando para mim gritou: 'Ali vai o amigo de Tholuck.' Ao ouvir tal aviso, vários homens, armados de grosseiros bastões, avançaram para mim e entraram a espancar-me com tal fúria que, em pouco, me via todo ferido, ensanguentado e, como caísse, os olhos se me turvaram e não senti mais nada. Quando voltei a mim estava em casa de um velho muçulmano, que, compadecido do meu triste estado, me prestara os necessários socorros. 'Que imprudência, meu filho!', disse o velho marabu. 'Grande imprudente que és.' Fiquei intrigado! Que teria feito para

[6]Casa de banhos.
[7]Casa de dança.

merecer tal censura? Por que razão tinha eu sido tão covarde e impiedosamente agredido? Foi o que perguntei ao ancião. 'É que tens sido visto pela cidade', respondeu-me, 'em companhia de Tholuck el-Motid, do qual pareces ser íntimo amigo. Pois com este homem execrado ninguém pode falar sem sofrer a ira e o castigo popular!' E, como eu o fitasse atônito, o bom do marabu acrescentou: 'Tholuck é o carrasco da cidade. E nesta cidade aquele que cultiva a amizade do carrasco, arrisca a vida!' Fiquei pasmado diante daquela revelação. O emprego que me parecera tão bom era, certamente, o pior de quantos poderia obter!"

CAPÍTULO IV

Encontro de Nasir com um hindu. — Singular proposta do infiel. — A lenda do jardim triste e abandonado. — O palácio das mil maravilhas. — O escravo negro agigantado. — O misterioso cartaz. — A fuga de Nasir. — Último emprego do cameleiro.

"Deveis saber, ó rei magnânimo!, que, quando me vi curado dos ferimentos, graças aos desvelos do bondoso ancião, saí novamente pela cidade de Monturak, à procura de um novo emprego. Apesar do sucedido, perseguia-me a ideia de conseguir aquilo que eu chamava um 'bom emprego', por um eufemismo da minha intransitiva indolência. Ao passar pela praça da grande mesquita de Monturak, avistei, sentado em uma lájea, um velho hindu, que parecia descuidado e pensativo. Dirigi-me a ele e perguntei-lhe onde me seria fácil arranjar um bom emprego. 'Se queres um bom emprego', respondeu-me, 'posso eu mesmo arranjá-lo.' E passando a mão fina pela barba grisalha, como quem medita um pouco, disse-me: 'O meu nome é Thiquig Jham. Moro num grande palácio. Minha propriedade é circundada por belíssimo jardim. A família, porém, é avessa a passeios, e, por isso, o maravilhoso parque, que com tanto cuidado conservo, vive triste e abandonado. Receio que o sultão, sabedor de que deixo um recanto tão lindo em completo desamparo, resolva confiscá-lo. Quero, portanto, contratar um empregado especialmente para passear em meu jardim e tirar-lhe, assim, a feição tristonha que apresentam os lugares por onde ninguém transita. Serve-te o emprego? Ganharás quarenta dinares por dia!' 'Se é para andar sozinho', respondi, 'o emprego serve. Exijo, porém, que não haja portas nem janelas que me seja forçoso fechar!' Riu-se o velho ao ouvir a minha resposta, como se conhecesse a causa de meu temor, e retorquiu carinhoso: 'Será satisfeito o teu desejo. Farás os teus passeios sozinho, e não terás trabalho algum com portas ou janelas.'

"Voltei, nesse dia, radiante, para a casa do marabu. O emprego com que havia topado era maravilhoso: quarenta dinares por dia, para passear num belo jardim! No dia seguinte à hora marcada recebeu-me, junto ao grande portão do jardim, um escravo negro, de altura agigantada, ombros largos e invulgar musculatura. Disse-lhe que era o novo empregado de Thiquig, o hindu, e que ia passear pelo jardim. O escravo abriu um grande portão de ferro, que dava serventia ao parque, e pediu-me que entrasse. Quis, porém, Alá (seja o Seu nome exaltado) que eu visse um pequeno cartaz, junto ao portão. Por mera curiosidade resolvi lê-lo e foi com verdadeiro assombro, quase a desmaiar de emoção, que pude traduzir o seguinte:

"'Mediante a quantia de um dinar, qualquer pessoa poderá assistir, do alto do morro, ao espetáculo que dará, hoje, o jovem Nasir, domador de Mossul. Esse valente muçulmano propõe-se a passear pelo jardim, à hora em que os leões estiverem soltos."

"Ao ler tal anúncio, fugi, quase a correr, como louco! O pérfido Thiquig (que Cheitã[8] o castigue!) queria ganhar dinheiro fazendo que eu fosse, inconscientemente, passear num parque de feras! Escapei milagrosamente de ser devorado! *Alham-bufalec!* Graças a Deus!"

E o pobre cameleiro concluiu:

— Deixei Monturak, e nunca mais quis lá voltar. E hoje, penitenciando-me dos meus erros, peço, uma vez por ano, aos meus amos, que me reduzam o salário e me aumentem o trabalho!

O grande sultão Mahmud (Alá o tenha em sua glória) achou curiosa a narrativa do bom Nasir Ahmed, e disse-lhe:

— Fica sabendo, ó cameleiro!, que, pelo teu arrependimento e sinceridade, mereces a minha proteção, e terás, por certo, a tua recompensa no paraíso de Alá!

---

[8]Cheitã — Demônio.

Dois anos depois, tais provas dera Nasir Ahmed de amor ao trabalho e de honestidade, que se viu elevado ao alto posto de ministro do sultão.

Foi assim que ele conseguiu, afinal, um bom emprego!

Iaich raçak ia malek ozzmã!

Os Brâmanes e o Leão

(Lenda Hindu)

Em busca de trabalho, quatro irmãos, ainda jovens, atravessaram, certo dia, a floresta sem fim de um longínquo país.

Três desses irmãos haviam estudado, com sábios faquires, a magia, a alquimia e a misteriosa cabala, ao passo que o quarto — exatamente o mais moço — não possuía, das ciências ocultas, conhecimento algum. Era, porém, muito inteligente e adquirira, no trabalho constante, em que sempre vivera, longa experiência da vida.

Em meio da jornada encontraram os quatro viajantes uma pequena clareira, aberta no meio da mata espessa; no chão, já seca e cheia de terra, avistaram a ossada branca de um leão.

— Mostremos ao nosso irmão ignorante — disse o mais velho — o poder da admirável ciência que possuímos. Eu, por minha parte, graças a uma frase mágica que conheço, vou fazer com que esses ossos, que aí estão espalhados, se juntem novamente, formando o esqueleto perfeito de um leão.

Realmente. Mal o jovem mágico pronunciara as palavras misteriosas, os ossos se adaptaram uns aos outros e formaram o esqueleto do terrível carnívoro.

— Quanto a mim — declarou o segundo — graças a uma fórmula mágica, aprendida com um douto sacerdote, sou capaz de fazer reaparecer os músculos, a carne, o sangue, a pele e todos os demais órgãos necessários à reconstrução do animal.

E pronunciou, sem hesitar, a fórmula sagrada: imediatamente o esqueleto se transfigurou diante dos quatro brâmanes, mostrando-lhes o corpo imóvel de um leão enorme, perfeito, de juba escura e garras possantes.

— Cabe-me, agora — acrescentou o terceiro mágico — a vez de mostrar o poder da minha ciência. Graças a uma simples sílaba encantada, proferida de certo modo, sou capaz de dar vida e força a esse leão!

O mais moço dos irmãos, que tudo observava com a maior atenção, procurou intervir:

— Cuidado, ó irmão! Não pronuncies essa sílaba encantada! Não vês, então, que se esse exânime leão recuperar a vida e a força será capaz de matar e devorar a todos nós?

Mas os irmãos brâmanes, inconscientes do perigo que os ameaçava, riram-se ao ouvir o conselho prudente do jovem brâmane.

— Insensato que és! — exclamaram. — Não conheces o poder da nossa ciência? A uma simples palavra nossa esse temível carniceiro cairá, novamente, ao solo, reduzido a pedaços!

Diante disso, o irmão mais moço pediu apenas que o deixassem prender solidamente o leão com uma forte corrente de ferro que encontrara nas redondezas.

Os irmãos sábios consentiram.

O leão ainda inanimado foi, então, cuidadosamente preso a uma árvore.

O terceiro mágico, para completar a tarefa dos dois, pronunciou a sílaba encantada.

A fera ergueu-se, sacudiu a juba farta e abriu os grandes olhos brilhantes. Rugiu depois um rugido cavernoso e, por várias vezes, procurou soltar-se da corrente que o prendia, tentando investir, horrendo e ameaçador, contra os quatro brâmanes.

— Irmãos! — exclamou, muito assustado, o mais velho dos sábios. — Não sei como poderei matar este leão! Não me lembro mais da frase mágica.

— A mim também não ocorre — ajuntou, trêmulo, o segundo — a palavra mágica e fulminante.

— Nada posso também fazer! — murmurou, pálido de pavor, o terceiro brâmane. — Não sei como destruir pela magia a vida deste leão!

— Quanto a mim — ajuntou o mais moço — não conheço palavras encantadas nem frases mágicas; aprendi, porém, com os pastores de minha aldeia, a servir-me do arco e da flecha. Vou matar esta fera antes que ela, com um golpe mais violento, quebre as correntes que a prendem.

E assim fez o jovem brâmane. Matou o leão, salvando a vida dos três sábios imprudentes.

E no livro da verdadeira Ciência encontra-se exarada esta grande verdade:

"Os insensatos, movidos pela vaidade ou pela ambição, procuram criar muitas vezes um perigo sem saber se terão mais tarde força suficiente para o destruir.

"Na vida, ó sábios imprudentes!, não basta a Ciência. Esta de nada vale, se não for aliada à prudência e à moderação."

Um Conto Intraduzível

Houve outrora em Khorassã, na Pérsia, um rei chamado Khara Abdulazim que se tornou famoso em razão de extravagante mania que sempre o dominou: queria ter em sua corte intérpretes para todos os idiomas falados no mundo.

Para isto mantinha uma enorme e dispendiosa Academia denominada *Razilda Radine Dalambo* — que quer dizer Casa dos Intérpretes do Rei, onde se reuniam sábios, doutores e poliglotas famosos, que se dedicavam, exclusivamente, ao estudo de todas as línguas e dialetos estrangeiros, desde os roucos e arrevesados sons dos tibetanos até o falar cantante dos negros selvagens do Kodjã.

Ora, um dia o rei Abdulazim ouviu contar que existia no interior da Pérsia, para além das fronteiras de seus domínios, uma pequena cidade chamada Semnã cuja população falava um idioma tão difícil e complicado que jamais sábio algum fora capaz de aprendê-lo.

Diante de tão extraordinária notícia, que punha sensível falha no saber de sua famosa Academia, ordenou o rei a um dos mais lustres membros da *Razilda Radine Dalambo,* o ilustre Anazidbeg, que sabia falar 32 línguas, partisse sem demora para o país dos semnamitas e de lá voltasse quando soubesse falar fluentemente o idioma e estivesse apto a contar uma história em mazalês — que assim se denominava o ignoto falar de Semnã. O grande sábio, em obediência à ordem do rei, para lá partiu e durante dez anos consecutivos estudou ininterruptamente o mazalês. Quando se julgou, afinal, em condições de compreender e falar o idioma voltou a Khorassã e apresentou-se ao rei.

Perguntou-lhe o monarca:

— Será possível, ó sábio!, que já possas contar uma história no impenetrável dialeto dos semnamitas?

— Acredito-me, ó rei poderoso!, — respondeu o sábio — apto a narrar uma lenda ou um conto em mazalês!

Nesse dia mandou o soberano persa reunir, com a maior pompa, a famosa *Razilda Radine Dalambo* (Casa dos Intérpretes do Rei) e convidou, igualmente, para assistir à solenidade todos os nobres, ministros, vizires e altos funcionários da corte.

A Casa dos Intérpretes do Rei estava luxuosamente ornamentada; o rei Abdulazim recomendara mui expressamente que a prova de erudição do filólogo Anazidbeg fosse brilhantemente festejada.

À hora marcada para a grande cerimônia, quando já se achavam presentes todos os convidados, inclusive os embaixadores estrangeiros, o rei assim falou:

— Senhores! Que Alá, o Exaltado, nos proteja e abençoe! Vou apresentar-vos uma das mais sensacionais provas da nossa brilhante inteligência e grande cultura. O sábio filólogo Anazidbeg, o presidente da Casa dos Intérpretes do Rei, depois de longo e cuidadoso estudo, aperfeiçoou-se no intrincado idioma mazalês, para o qual não havia, até agora, intérprete algum no mundo, e vai exibir-nos a sua admirável sagacidade, narrando-nos uma história em puro dialeto semnamita!

Houve no grande e riquíssimo salão da Academia um movimento geral de surpresa e admiração. Os doutores julgavam impossível que houvesse alguém capaz de aprender uma língua diante de cujas dificuldades desanimaram os filólogos mais pacientes e mais cultos do mundo.

Ante o profundo silêncio que reinava no suntuoso cenáculo, o sábio Anazidbeg assim falou:

— Rei magnânimo! Que o Altíssimo vos conserve feliz até o último século da Eternidade! Vou contar-vos no singular dialeto dos semnamitas uma história intitulada *Sharak salmbala jak duari,* que é uma das lendas mais formosas desse país curioso onde vivi por espaço de dez anos!

Diante do rei e de todos os ilustres ouvintes, o sábio Anazidbeg mandou que lhe trouxessem uma lata de forma alongada, dentro da qual depositou cinco pedras de diferentes tamanhos. Feito o que, entrou a sacudi-la, ora devagar, ora mais depressa, produzindo, assim, um ruído desagradável e quase monótono.

O poderoso rei fitava o sábio com os olhos esbugalhados de espanto: os doutores da Academia murmuraram assustados opiniões desabonadoras da integridade mental do ilustre colega.

Depois de sacudir a lata durante algum tempo, o sábio colocou-a cuidadosamente a seu lado e dirigindo-se respeitoso ao monarca disse-lhe:

— Fica assim contada, ó rei venturoso!, no singular dialeto dos semnamitas a belíssima história *Sharak salmbala jak duari!*

— Ó cão miserável! — gritou o rei esbravejando, colérico, o olhar fuzilante, os punhos crispados. — Julgas, então, que por seres sábio podes zombar impunemente do teu rei! Onde já se viu contar uma história substituindo-se a voz humana pelos ruídos de pedras sacudidas dentro de uma lata? Vais pagar caro a ousadia e pilhéria descabida com que me insultaste! — E, voltando-se para o chefe dos guardas, disse o soberano: — Ordeno que este atrevido seja imediatamente degolado!

Essa inesperada sentença de morte foi ouvida com indizível assombro por todos os presentes. Ninguém poderia acreditar que o rei Abdulazim mandasse sacrificar um sábio cuja culpa única fora, talvez, a de haver enlouquecido ao tentar estudar uma língua tida como impenetrável à compreensão de um estrangeiro.

Nesse momento, porém, o venerando Kaleh Maldã — primeiro-vizir do rei — homem muito estimado e respeitado no país por suas invejáveis qualidades de caráter e coração, dirigindo-se ao exaltado soberano, assim falou:

— Certo estou, ó rei!, de que se Vossa Majestade mandar decapitar o sábio Anazidbeg, cometerá inqualificável injustiça.

— Injustiça? — estranhou o rei. — Onde há injustiça em castigar um súdito que teve a ousadia de escarnecer de seu próprio rei em presença de toda a sua ilustre corte?

Respondeu o digno ministro de Khorassã:

— Vejo-me forçado a revelar um segredo que durante cinquenta anos guardei no mais recôndito do meu coração! Sou natural da cidade de Semnã, e conheço, portanto, o complicado linguajar denominado "mazalês". Sabeis vós todos, apelo para o testemunho de todos os presentes!, que jamais proferi uma mentira ou uma falsidade! Pois bem: posso jurar que o mazalês é tão complicado, tão áspero e dissonante, que faz lembrar o ruído de pedras sacudidas dentro de uma lata afunilada! E não tenho palavras com que exprimir a minha admiração pelo que acabo de ouvir, graças ao esforço e habilidade do nosso ilustre Anazidbeg, pois devo dizer, embora pareça incrível!, que esse sábio extraordinário conseguiu uma coisa realmente espantosa: sacudindo na lata as cinco pedras, imitou perfeitamente todos os sons do mazalês, reuniu-os em palavras que, por sua vez, reproduziram uma das lendas mais curiosas de meu país natal! Beijo, como sincera homenagem, as mãos desse grande e admirável Anazidbeg pelo talento que revelou, praticando uma proeza que deve causar assombro ao mundo inteiro!

— Meu caro ministro — disse o rei — vou revogar, a teu pedido, a sentença de morte que há pouco proferi. Sei que és honrado e serias incapaz, sob pretexto algum, de proferir uma mentira! Confesso, porém, que a incrível proeza filológica praticada pelo sábio Anazidbeg, Alá porém é mais sábio!, me causa menos espanto do que curiosidade! Gostaria que me dissesses, agora, como poderias traduzir não só o título como também a história contada por tão original processo!

— Infelizmente, ó rei — respondeu o ilustre ministro —, não posso atender ao justo pedido de Vossa Majestade. O título da lenda de Semnã é intraduzível! Não há em persa, árabe, siríaco, hindu, turco, chinês, ou em qualquer outro idioma falado por muçulmanos, cristãos, ou idólatras, palavras capazes de expressar o sentido da frase *Sharak salmbala jak duari,* por conter vários trocadilhos feitos em torno de costumes inteiramente fora do nosso entendimento. Qualquer tentativa de tradução seria tão infiel e desajeitada que pareceria obra de um demente! E sem o sentido exato do título é impossível a compreensão da história!

O rei Khara Abdulazim, em face das impressivas palavras do austero ministro, convenceu-se de que os mistérios da Filologia são tais e tantos, que o cabedal humano é insuficiente para desvendar todos os recantos de seu grande campo.

O sábio Anazidbeg recebeu como recompensa de seu esforço, talento e tenacidade a mesma lata de que se utilizara para "contar" a lenda. Estava, porém, cheia de brilhantes e pérolas de grande valor.

O Avarento

(Folclore Árabe)

O cádi Ahmed Hassã, justo e enérgico, ao ouvir, certa vez, comentar-se a avareza sem-par de Moarrid, abastado mercador em Muazzã, bairro de Bagdá, mandou chamá-lo e com o fim de obrigá-lo a praticar a esmola — conforme determina o Alcorão — disse-lhe:

— No bairro em que resides, meu amigo, mora, também, um velho cordoeiro chamado Zazilah, que, embora trabalhe de manhã à noite, vive na maior pobreza com oito filhos menores. Ficarás encarregado, de hoje em diante, de proteger essa infeliz família. Todas as semanas deverás levar um auxílio, uma esmola qualquer ao cordoeiro Zazilah!

— Assim farei, senhor! — respondeu Moarrid. — Não pouparei sacrifícios para melhorar a situação do meu infeliz protegido.

Passando três dias, soube o cádi, por intermédio de um de seus auxiliares, que o avarento havia levado ao cordoeiro faminto um pedaço de carneiro. A carne estava, porém, em tal estado de putrefação que deixava desprender mau cheiro horrível.

— Miserável! — exclamou o cádi, revoltado com o proceder do avarento. — Comprou, por preço vil, um pedaço de carne deteriorada que nem mesmo um chacal seria capaz de comer! Vou castigar esse homem!

E o enérgico Ahmed mandou que o trouxessem à sua presença e disse-lhe:

— Acabo de ser informado de tua indignidade, ó muçulmano sem coração! Para cumprires a ordem que havias recebido de mim, deste ao mísero cordoeiro um pedaço de carne podre, intragável! E para que aprendas a ser caridoso, vais sofrer um castigo que tu mesmo irás escolher: ou pagas uma multa de cem dinares de ouro, ou apanhas cem chibatadas, ou, então, comes toda essa carne repelente com que insultaste a pobreza de Zazilah! Vamos! Escolhe um desses três castigos!

O velho avarento, ao ouvir a terrível ameaça do cádi, pensou: "Pagar a multa? Não pago! Apanhar cem chibatadas é doloroso! O melhor que tenho a fazer, afinal, é comer a carne."

E, depois de assim meditar, dirigiu-se ao governador da cidade e disse:

— Senhor! Já escolhi. Estou pronto a comer a carne!

Mandou o cádi que trouxessem num prato o pedaço da vianda repulsiva com que tinha sido presenteado o cordoeiro.

O avarento encheu-se de ânimo, e começou a comer lentamente o conteúdo do prato. A carne estava, porém, em tão mau estado de conservação que o estômago não a suportou. Moarrid começou a sentir ânsias medonhas e foi acometido de vômitos terríveis.

Afinal, vendo que não conseguia ingerir aquele asqueroso carneiro, o avarento exclamou desesperado:

— Piedade, ó cádi! Eu não posso comer esta carne!

— Está bem! — respondeu o cádi. — Escolhe, então, novamente: a multa ou as cem chibatadas?

Pensou outra vez o avarento: "Pagar cem dinares? É muito triste desfazer-me dessa quantia! O melhor que tenho a fazer é apanhar as cem chibatadas!"

E declarou que estava disposto a ser chibateado.

Por ordem do cádi, surgiu-lhe pela frente um hercúleo escravo negro, armado de terrível açoite. O avarento foi amarrado a uma coluna de ferro e o escravo entrou a aplicar-lhe nas costas as cem chibatadas!

Ao oitavo golpe o sórdido mercador sentiu que morreria se continuasse a apanhar. Eram horríveis as dores que sofria.

— Piedade! Piedade! — exclamou desesperado. — Eu pago a multa!

Ordenou o cádi que o soltassem e ele, ali mesmo, efetuou o pagamento da multa, tirando o dinheiro de uma bolsa que trazia oculta sob as vestes sujas e esfarrapadas.

Disse então o cádi:

— Esse dinheiro vai ser distribuído em esmolas pelos habitantes pobres do bairro de Muazzã! — E, dirigindo-se ao avarento: — E tu, meu velho avarento, foste por causa da tua extrema avareza três vezes castigado. Primeiro ao comeres a carne podre, depois ao seres açoitado e, finalmente, pagando a multa. E isto acontece sempre aos homens ricos e impiedosos que negam auxílio aos pobres de Alá!

Bem dizia o virtuoso Hammad, santo entre os santos: "O avarento, em vida, tem a maldição dos homens e, depois que morre, sofre o castigo inexorável da Justiça Divina!"

Os Remendos de Khalil

O célebre filósofo e poeta El-Khattabi, do Sedjistã, dizia: "Para cada pequeno defeito deve o homem de bem possuir sete grandes qualidades!"

Al-Manzor, califa de Córdova, cujo nome famoso aparece tantas vezes na história do Islã, estava longe de apresentar, entre os predicados e imperfeições de seu caráter, essa admirável proporção preconizada pelo filósofo! E, se merecem crédito os eruditos historiadores da antiga Espanha muçulmana, o grande Al-Manzor tinha três qualidades: era generoso, leal e valente. O brilho desses predicados ficava, porém, empanado pela nuvem sombria de um grande defeito: a vaidade. E se pudéssemos, portanto, com a admirável matemática de Omar

Kháyyám, estabelecer uma proporção que definisse, pelo sistema de El-Khattabi, o caráter de Al-Manzor, encontraríamos o diminuto quociente de três para um. Tal falha, porém, não impedia que o soberano de Córdova fosse muito estimado por seus súditos e muitíssimo admirado pelos sábios e escritores de seu país. Prova-o sobejamente o fato ocorrido com o poeta Khalil, da corte do soberano cordovês.

Certa vez Al-Manzor chamou o jovem Khalil e disse-lhe:

— No dia do aniversário do nosso incomparável Profeta (com ele a glória de Alá!) darei aqui, no palácio, uma grande festa. Quero que apareças durante o banquete, trajado de tal modo que todos os nobres e intelectuais presentes possam avaliar o quanto tenho sido generoso para contigo!

Respondeu o talentoso muçulmano:

— A vossa ordem, ó Rei!, está em meus olhos e no meu coração! Tudo farei a fim de deixar bem patente a todos os que me virem nesse dia, quanto tenho sido beneficiado pela vossa inexcedível generosidade!

No dia da grande solenidade, quando o rico salão do *salaat* já se achava repleto de convidados, disse o califa:

— Dentro de poucos momentos o bom Khalil aqui aparecerá. E todos hão de convir, pela maneira brilhante de trajar do nosso poeta, que a minha generosidade para com os homens de real talento do meu país não sofre paralelo com a de ninguém!

Alguns minutos depois, surgiu no suntuoso divã do vaidoso monarca a figura popular de Khalil. Ao invés, porém, de trazer, a cobrirem-lhe o corpo esguio, vestes riquíssimas feitas de tecidos de ouro e pedrarias — como o esperavam todos — o poeta ostentava verdadeiros trajos de mendigo: o turbante, a *kamiss,* a aba, a churual, feitos exclusivamente de remendos sórdidos e grosseiros.

A figura grotesca de Khalil causou hilaridade geral entre os numerosos cortesãos. O poeta pretendia demonstrar a generosidade de seu protetor apresentando-se publicamente, como se fora um mendigo, coberto de farrapos!

Ao notar a figura ridícula de Khalil, o califa sentiu-se crivado de insultos; e ferido na corda sensível de sua vaidade, gritou colérico:

— Queres humilhar o teu soberano, ó ingrato? Esqueces os mil benefícios, favores e presentes que tens recebido de mim? Não se sujeita impunemente o Califa dos Crentes ao riso e à chacota de seus cortesãos! Vais pagar, ó poeta!, com a vida, a tua louca zombaria e a afronta que me fizeste!

— Califa de Alá — exclamou Khalil inclinando-se respeitoso e impassível —, os vossos súditos riram-se à minha chegada como insensatos, sem razão alguma! Aparecendo aqui, com estas roupas feitas de remendos, quis trazer ao público a prova cabal do quanto tendes sido generoso e bom para com a minha desvaliosa pessoa! — E prosseguiu calmo e risonho, olhando cheio de orgulho e fixamente aos invejosos cortesãos que o rodeavam: — Devo dizer, particularmente àqueles que troçaram de minha bela vestimenta, que os numerosos remendos de minha roupa são todos diferentes e foram feitos exclusivamente com pedaços dos sacos em que recebi o dinheiro do nosso generoso califa. Assim, cada remendo que me cobre representa uma dádiva, e verão que do turbante ao *ajebrat* tenho mil remendos de todas as formas e tamanhos! Os meus trajes preciosos são feitos com os remendos de tecido que encerrou a vossa bondade!

O califa de Córdova, depois de muito examinar a talentosa e original lembrança do poeta favorito, disse:

— Na verdade, ó muçulmanos!, os remendos das vestes do nosso admirável amigo provam claramente a minha generosidade! Queira Alá, o Exaltado, que os grandes poetas possam exibir sempre trajes tão remendados como os de Khalil!

E, desse dia em diante, o poeta dos remendos tornou-se a figura mais popular de Espanha.

E sempre que o famoso Khalil — graças à generosidade do califa — era levado a acrescentar mais um remendo à sua roupa, lembrava-se do perigo a que se expusera quando ferira, sem querer, a vaidade do soberano. Bem sabia o jovem que, se Al-Manzor era simples, amável e bom, não deixava de ser, também, muito desconfiado.

Três para um!

O Gênio da Ingratidão

Nasir Hussein, apelidado Al-Karuf, exercia junto à velha mesquita de Barkuk, no Cairo, a modesta profissão de aguadeiro. Ou porque não se esforçasse para granjear viver menos penoso ou porque lhe fosse adverso o destino, cada vez mais o apertava a pobreza.

Um dia, meditando acerca das dificuldades que o perseguiam, entrou-lhe no coração amarga revolta contra a má fortuna que o fizera mais pobre do que um mísero felá. Espicaçado pelos traiçoeiros pensamentos que lhe entraram no peito, jurou passar um ano inteiro sem agradecer qualquer favor ou benefício que lhe fizessem, e ter os olhos desdenhosos para a mão bondosa que o acudisse.

Findo o dilatado prazo de tão ingrata promessa, regressava, um dia, o malfadado Hussein à pobre tenda em que vivia a olhar desconsolado o correr silencioso das águas do Nilo, quando, ao atravessar as ruínas de um antigo cemitério muçulmano, lhe surgiu pela frente uma figura de velho cujo aspecto encheria de pavor mesmo àqueles que estivessem afeitos a encarar de ânimo sereno as mais espantosas aparições. Os olhos afuzilantes e mal contidos nas órbitas eram como os de um felino em fúria; a boca larga, escancarada num ricto de demônio, deixava ver disformes alvéolos desdentados. Negras e grossas orelhas ostentavam brincos grosseiros feitos de ossos de girafas. As mãos peludas, de unhas retorcidas, lembravam as garras de um chacal assanhado, e os pés disformes e chatos eram como as patas do elefante monstruoso que pisa os juncais africanos.

Ao deparar-se-lhe tão horrenda figura, parou Hussein estarrecido, os cabelos eriçados, a face descomposta, e quis invocar o nome de Alá, o Altíssimo (com Ele a oração dos justos!) para afugentar aquele *efrite* hediondo, mas a língua se lhe paralisara na boca, e nem um som rouco pôde expelir. Assim se passaram alguns instantes penosíssimos, quando a medonha criatura que mais parecia um servo de Cheitã — o Infernal — disse com voz cavernosa e lúgubre como o troar longínquo do pestilento simum:

— Nada temas de mim, ó degradado Hussein! Se deixei a gruta em que vivo, e surjo agora ao teu encontro, foi unicamente para teu bem. Deixaste passar o largo período de um ano sem balbuciar, diante das pessoas que te auxiliavam, nem mesmo essas fórmulas banais e inexpressivas de agradecimento. Procedeste como o mais vil dos ingratos. Eis porque fizeste jus a uma generosa recompensa. Sou, como bem podes agora perceber, o Gênio da Ingratidão. Devo-te, pois, o prêmio prometido àqueles que não sabem ser reconhecidos às pessoas de quem recebem favores, auxílio e palavras boas de piedade ou encorajamento. Diz-me o que desejas e imediatamente te darei.

Decorridos os primeiros momentos de susto e estupefação que a monstruosa figura lhe causara, Hussein procurou dominar-se, e buscar a calma com que refletir. Não ignorava ele, por certo — que fartas vezes conversara a tal respeito com sábios marabus —, existir entre os *efrites* que povoam as trevas um ser de pavoroso aspecto, denominado o Gênio da Ingratidão, a quem cumpria premiar os que pelo mundo vivem a pagar com o mal, que podem, o bem, que recebem.

O *efrite,* ao ler a hesitação e a incerteza no olhar assustado de Hussein, procurou animá-lo:

— Não percas tempo, infeliz Al-Karuf! Dize-me logo o que mais deseja a tua louca e insaciável ambição! Queres o palácio de um emir ou todos os tesouros do sultão?

— Senhor! — murmurou Hussein, a voz trêmula entrecortada pela emoção. — Sempre fui mais pobre do que um felá e mais desprezível do que um escravo das galeras!

"Jamais possuí outros bens além dos andrajos que mal me cobrem o alquebrado corpo! Desejaria, já que a ventura me vem inesperadamente ao encontro, possuir riquezas que se não pudessem computar e assim viver a vida regalada e ociosa de um emir poderoso! Quero muito ouro, e em tal abundância, e tanto, que possa enfartar a ambição de um avarento."

— És bem modesto, ó Hussein! — replicou o *efrite,* com voz irônica e sarcástica. — Olha para trás e domina, se puderes, o teu assombro!

Voltou-se rapidamente o aguadeiro e viu, à pequena distância, uma longa fila de camelos ricamente ajaezados, que traziam todos enormes sacos de ouro intumescidos pelo seu conteúdo.

— Esses cem camelos que aí estão — volveu o Gênio — conduzem unicamente ouro e pedrarias que ninguém poderá apreçar. Leva-os contigo, ó afortunado Hussein!

O esfarrapado aguadeiro supôs que fosse enlouquecer, tão violenta e tumultuosa alegria lhe invadia o coração. As mãos tremiam-lhe; arfava-lhe, descompassado, o peito e os olhos pareciam querer sair-lhe das órbitas quando percorriam aquela extensa fila de dominadores do deserto.

Sabia Hussein perfeitamente que não deveria agradecer ao Gênio aquele fabuloso presente. Ai dele se balbuciasse naquele momento uma palavra de gratidão! A cólera do *efrite* seria tremenda e o seu castigo sem igual; mais rápido do que o raio fulminá-lo-ia no mesmo instante! Era preciso, ao contrário, mostrar-se ingrato e ofender aquele que tamanho benefício lhe trazia.

— *Efrite* miserável! — gritou Hussein, enchendo-se de coragem. — És mais vil e mais podre do que um chacal! Que Cheitã, o Maligno, te persiga e te cubra de malefícios de toda espécie!

Replicou o Gênio:

— Bem sabes que as tuas palavras me deleitam e ferem agradavelmente o ouvido. Não compreendo, aliás, que possa alguém retribuir, a não ser com pragas e insultos, o favor que recebeu! Vai-te, pois, cão, filho de cão. Que o demônio encha de pústulas o teu corpo odioso e de tormento a tua existência inútil!

Fazendo ouvidos moucos a tais pragas, Hussein voltou as costas ao Gênio e afastou-se, resolvido a conduzir à cidade, sem perda de tempo, a esplêndida caravana de que era dono. Mal dera, porém, alguns passos, viu com espanto surgir em meio dos camelos um enorme cão negro e monstruoso que passou junto dele a uivar assustadoramente. Desaparecera o terrífico animal, quando Hussein, mal refeito do novo susto, ouviu gritos cruciantes do Gênio que clamava por socorro.

"O *efrite*", pensou, "está sendo atacado pela horrível fera que deve ser fatalmente algum gênio inimigo, assim metamorfoseado."

Num movimento quase instintivo, que não soubera refrear, Hussein voltou-se e viu o Gênio da Ingratidão que lhe sorria diabolicamente. O cão fantasma não estava mais ali!

— Tolo que és! — exclamou o Gênio cheio de cólera. — Foste iludido por mim! Quis submeter-te a uma prova decisiva e procedeste como um imbecil! Deverias ter continuado o teu caminho sem te importares com os meus insistentes pedidos de socorro! Onde já viste, ó desgraçado!, um verdadeiro ingrato voltar-se para socorrer seu benfeitor? Perdeste o direito ao prêmio! Vais voltar para a miséria em que sempre viveste!

E dizendo isto o Gênio vibrou no mísero aguadeiro violenta pancada que o atirou ao chão desacordado.

Quando, passado algum tempo, Hussein recuperou os sentidos, notou que tudo desaparecera e que o envolvia negra e pesada escuridão.

Fugira-lhe até a luz que sempre o guiara pelos caminhos de Alá! Estava cego!

E na velha mesquita de Barkuk o crente pode ler estas sábias palavras, gravadas em letras de ouro, à direita do *mirab:*

"Quando vires, ó muçulmano!, um ingrato prosperar, é porque dele se aproxima, fatal e inexorável, o castigo de Deus!"

Uassalã!

O Califa e o Beduíno

(Folclore Árabe)

Conheceis, ó meu amigo!, a singular aventura ocorrida com o sultão Al-Mahdi durante uma caçada nos arredores de Bagdá?

Ouvi-a, há tempos, de um velho muezim e vou repeti-la fielmente agora para que aprecieis, também, um dos episódios mais originais da vida do famoso soberano abássida.

Um dia, entre os dias do passado, o sultão Al-Mahdi — o grande califa — quando se achava a caçar em uma floresta nas margens do Diala, perdeu-se dos companheiros e foi ter a uma pequenina choupana onde morava um velho beduíno.

Não quis o califa dar a conhecer o seu nome nem revelar a sua qualidade de soberano; pediu, unicamente, ao beduíno que o recebesse como hóspede dizendo-se ser apenas um pobre tecelão em caminho para Bagdá.

Sem conhecer naquele viajante transviado o poderoso soberano dos árabes, o beduíno recebeu-o bondosamente, fê-lo transpor os umbrais de sua rústica morada e disse-lhe:

— Não vos preocupeis com a vossa pessoa, ó tecelão! Ficareis aqui esta noite e amanhã, ao nascer do sol, se Alá quiser, eu mesmo vos conduzirei até Bagdá pelo caminho mais seguro da floresta.

E, para ser agradável ao hóspede desconhecido, o beduíno foi buscar um pequeno vaso de barro, cheio de delicioso vinho, e ofereceu ao califa, num copo feito de osso, um pouco da deliciosa bebida.

Depois de tê-la sorvido, com verdadeiro prazer, o califa voltou-se para o beduíno e perguntou-lhe:

— Sabes afinal, ó beduíno!, quem sou eu?

— Sei perfeitamente. Sois um modesto, diligente e honrado tecelão de Samarra! Que Alá, o Exaltado, vos faça prosperar!

— Eu, um tecelão? — exclamou o califa. — Estás enganado, meu bom amigo! Sou um dos oficiais mais nobres da corte do vosso glorioso sultão!

Ao ouvir tais palavras mostrou-se o beduíno muito satisfeito, e exclamou:

— Que Alá vos proteja, ó valoroso oficial! Queira o Altíssimo que o nosso bondoso califa saiba apreciar sempre, com a devida justiça, os vossos elevados méritos!

E para que a alegria fosse mais completa beberam ambos outro copo de vinho.

Fitando, porém, no beduíno os seus olhos vivos e claros, o califa perguntou-lhe pela segunda vez:

— Sabes afinal, ó irmão dos árabes!, quem sou eu?

— Já sei perfeitamente — respondeu o beduíno. — Sois um dos oficiais mais distintos da guarda pessoal do sultão de Bagdá!

— Eu, um simples oficial? — exclamou o califa risonho. — Muito te enganas, meu amigo. Exerço o cargo de vizir junto ao nosso glorioso sultão Al-Mahdi!

Surpreendido ficou o bom beduíno ao ouvir essa segunda declaração.

— Generoso vizir! — exclamou, inclinando-se respeitoso. — Que o Criador vos cubra de incalculáveis benefícios!

Momentos depois o califa serviu-se de um terceiro copo de vinho. Depois de saborear a generosa bebida, voltou-se outra vez para o seu paciente hospedeiro e perguntou-lhe risonho:

— Sabes afinal, ó filho do deserto!, quem sou eu?

— Senhor vizir — respondeu o beduíno — a ser verdade o que há pouco ouvi dos vossos lábios, sois um dos mais dignos ministros do nosso glorioso califa!

— Muito mais do que isso! — respondeu o sultão. — Fica certo, ó beduíno!, que tens agora diante de ti o próprio grão-vizir, braço direito do Comendador dos Crentes!

Ao ouvir tais palavras o beduíno inclinou-se respeitosamente e saudou o seu ilustre conviva com expressões eloquentes e sinceras:

— Que o Distribuidor[1] vos acumule de benefícios! Que os vossos dias corram sempre calmos, prósperos e felizes por muitos anos!

---

[1]Alá.

O sultão Al-Mahdi, que muito se divertia com as sucessivas surpresas que aquelas suas promoções vinham causando ao árabe, bebeu ainda outro copo de vinho, depois do qual novamente interpelou o seu amável hospedeiro, com aquela mesma pergunta:

— Sabes afinal, ó beduíno amigo!, quem sou eu?

— Xeque venerável — respondeu o beduíno —, não tenho motivos para deixar de dar crédito às vossas próprias palavras. Sois o grão-vizir do Príncipe dos Crentes!

— Muito mais do que isso! — replicou o sultão. — Vou dizer-te a verdade: sou o próprio Al-Mahdi, califa de Bagdá!

Se a pedra negra da Caaba voasse pelo céu não causaria, talvez, mais espanto nem maior temor ao beduíno que ficou — e com razão — estarrecido ao saber que tinha como hóspede, em sua rústica choupana, o monarca mais poderoso e mais rico do mundo.

— *Allah ibarak f'ama sidi!* — exclamou. — Que Deus prolongue a vossa vida, ó Rei! Que Alá proteja os vossos filhos e os filhos dos vossos filhos!

Al-Mahdi, vendo que o seu curioso estratagema havia causado profunda impressão no espírito do árabe, felicitou-se intimamente pela feliz execução da sua original ideia! E tomando do copo encheu-o novamente com o generoso vinho e preparou-se para saboreá-lo pela quinta vez.

Com assombro, porém, viu o beduíno erguer-se rápido e arrancar-lhe o copo da mão exclamando:

— Peço-vos perdão, ó califa. Não posso consentir, entretanto, que bebais esse copo de vinho!

E como o califa, surpreendido por aquele movimento inesperado e irreverente, fulminasse com o olhar o pobre beduíno, este ajuntou:

— Quando aqui chegastes, há pouco, éreis apenas um simples tecelão de Samarra que se perdera na floresta; depois de terdes bebido o primeiro copo passastes a ser um dos oficiais da guarda do califa; a segunda dose de vinho, logo depois, vos levou ao cargo de vizir; a promoção a grão-vizir foi inspirada pelo terceiro copo. A quarta porção de vinho vos ergueu ao trono de Bagdá! É por isso, ó Príncipe dos Crentes!, que não posso permitir agora que bebais em minha companhia.

— Insensato que és! — exclamou o sultão, dando à voz um tom de invulgar energia. — Ousas contrariar a vontade do teu soberano?

— Que Alá vos conserve, ó califa! — respondeu o beduíno. — Vou explicar o motivo justo que me obrigou a impedir-vos de beber o quinto copo de vinho! Tive medo de que a última porção de vinho fizesse vir à vossa mente o desejo de declarar que a vossa situação era ainda mais elevada do que a que realmente exerceis! — E ajuntou com a maior naturalidade: — Tive receio de vos ouvir declarar que sois Maomé, o profeta de Deus!

Achou o sultão tanta graça nessa original e inesperada resposta e com tais gargalhadas expandiu o seu bom humor, que chegou a cair de costas no chão.

Al-Mahdi — inútil seria dizer — levou o inteligente beduíno para Bagdá, e tomou-o sob sua preciosa proteção.

O Palácio Maravilhoso

A lenda singular que envolve a vida gloriosa do rei Hiamir, senhor do Iêmen, deve ser contada cem mil vezes para que os homens de sentimento possam dela colher as tâmaras mais doces da beleza e da verdade.

Se Alá permitir poderei repeti-la mais uma vez.

Conta-se que o rei Hiamir chamou certa vez o seu digno ministro Idálio e disse-lhe:

— Quero fazer, ó vizir, uma longa e demorada excursão a uma das regiões mais longínquas do meu reino. Formei o desejo de visitar e percorrer o país de Tiapur, na fronteira. Estou informado, porém, de que essa província, sobre ser pobre e triste, é árida e sem conforto. Daqui partirás, pois, alguns meses antes de mim, levando os recursos que forem necessários. Logo que chegares a Tiapur mandarás, sem demora, construir um magnífico palácio, com largas varandas de marfim e pátios floridos. Nesse palácio ficarei hospedado, durante uma temporada, com tranquilidade e conforto.

Respondeu o vizir, beijando a terra entre as mãos:

— Escuto e obedeço, ó rei! A vossa ordem estará sempre diante de meus olhos e de meu coração.

Cinco dias depois uma poderosa caravana, sob a chefia do grão-vizir, partia da capital em demanda dos oásis verdejantes de Tiapur. Os numerosos camelos, carregados de ouro e ricas alfaias, deixavam sulcos bem profundos na areia branca do deserto. A fila era tão extensa que a caravana, ao parar sob a inclemência do sol, parecia um arabesco escuro traçado no areal sem fim.

— Que vai fazer, tão longe, ó vizir? — indagavam os beduínos. — Por Alá! Com que fim conduz ele tantas riquezas?

O chamir — guia da caravana — procurava saciar aquela sede de curiosidade, derramando uma torrente de indiscrições:

— O vizir vai construir, em Tiapur, um palácio maravilhoso para o rei! O palácio terá varandas de marfim e pátios cheios de flores! *Uassalã!*

A imensa caravana conduzia, realmente, entre os seus viajantes, o talentoso Benadin, o arquiteto de mais prestígio daquele tempo.

Ao chegar, porém, ao país de Tiapur, o vizir Idálio ficou desolado com o estado de pobreza e de abandono em que se achava a população. Encontrou, pelas estradas, crianças famélicas, nuas, que mendigavam tâmaras secas; em casebres de palha, centenas de infelizes, abatidos pelas febres, morriam de inanição; mulheres cobertas de andrajos, com os filhinhos nos braços, deixavam-se ficar, esquálidas, no pátio da velha mesquita, aguardando os pedaços de pão que eram ali atirados por beduínos supersticiosos.

Os quadros de miséria e sofrimento que se desenrolavam, a cada passo e a todo instante, torturavam o coração do poderoso ministro. E ele trouxera, por ordem do rei, mais de trinta mil dinares que seriam gastos na construção de um grandioso palácio!

Que fez o vizir do rei?

Levado por um impulso irresistível de bondade, ao invés de executar a ordem do poderoso soberano, deliberou gastar o dinheiro que trazia beneficiando a infeliz população de Tiapur. Mandou, pois, construir abrigos para os desamparados; distribuiu víveres entre os mais necessitados; determinou que todos os enfermos fossem, desde logo, medicados; forneceu vestes aos que estavam nus; e pão, em abundância, aos que padeciam de fome. Por sua ordem foi construído um grande asilo para órfãos, mandou, ainda, reformar a mesquita, que se achava quase em ruínas, e ao lado do velho templo fez erguer outro magnífico asilo, onde recolheu os cegos e aleijados.

Ao fim de alguns meses, notava-se uma transformação completa na cidade. Os homens haviam voltado, cheios de entusiasmo, ao trabalho e por toda a parte reinava a alegria; as crianças brincavam nos pátios e as mulheres cantavam nas portas das tendas.

E do palácio maravilhoso, que o rei encomendara, nada existia...

Um dia, afinal, como já estava combinado, o rei Hiamir, acompanhado de grande escolta, deixou a bela cidade em que vivia, para jornadear pelas terras fronteiriças de seu reino.

O vizir Idálio foi ao encontro do soberano e aguardou a chegada da régia caravana no oásis de Kobbo, que fica a três horas de jornada de Tiapur.

— Estou ansioso, ó vizir! — exclamou o rei — por admirar o belo monumento que aqui vieste construir! A fadiga da longa viagem convida-me ao repouso, mas só saberei descansar na varanda de marfim de meu belo palácio!

Quando o rei Hiamir chegou a Tiapur, foi recebido por uma indescritível manifestação de júbilo da população.

— Sinto-me feliz — confessou o monarca ao seu primeiro-ministro — por saber que sou sinceramente estimado pelos meus dedicados súditos. A satisfação com que todos aqui me recebem é um indizível conforto para o meu espírito. — E, muito intrigado, perguntou: — Mas onde está, ó vizir, o palácio de Tiapur?

— Rei poderoso! — respondeu o vizir Idálio. — Antes de vos falar do palácio que aqui vim erguer, segundo vossa determinação expressa, tenho um pedido muito sério a fazer-vos. Segundo as nossas leis aquele que desobedecer ao rei, praticando conscientemente abuso de confiança, deve ser condenado à morte. Houve, ó rei!, um homem de vossa imediata confiança que praticou o grave delito da desobediência. Espero que determineis, sem demora, a execução do culpado.

— Quem é o acusado? — indagou o monarca. — Como se chama?

— O criminoso sou eu, ó rei! — respondeu o vizir.

E sem ocultar aos olhos do soberano a menor parcela da verdade, descreveu, em poucas palavras, o estado deplorável em que encontrara o povo daquela terra. Falou do abandono em que se achavam os enfermos, das criancinhas famintas que mendigavam, e da miséria inenarrável que torturava as pobres mães. E confessou, afinal, que ele, penalizado diante de tanto sofrimento, ao invés de construir o palácio real, resolvera despender todos os recursos da caravana real em socorrer e mitigar a triste sorte da população.

E, ajoelhando-se aos pés do monarca, exclamou o bom vizir:

— Não cumpri, ó rei!, como acabo de confessar, a ordem que me destes. Desobedeci ao meu amo e senhor! E aguardo, humilde, o castigo de que me fiz merecedor. Que seja contra mim lavrada a sentença de morte!

— Levanta-te! Dá-me a tua mão, meu amigo — ordenou o rei. — Não poderá pesar, jamais, sobre tua consciência a culpa da menor desobediência. O palácio de cuja construção, em boa hora, foste por mim encarregado acha-se construído com incomparável arte e invejável talento. E posso, deste lugar, abrangê-lo em suas linhas suntuosas, em seu conjunto soberbo, em sua cúpula radiosa e eterna. — E erguendo o rosto como se fitasse algum monumento fantástico, exclamou cheio de entusiasmo e comoção: — Que palácio maravilhoso! Como é lindo e deslumbrante! Vejo as torres cintilantes nas fisionomias alegres das crianças que foram por ti socorridas; admiro as largas varandas de marfim, no sorriso radiante dos meus súditos;

reconheço os pátios enflorados no olhar de gratidão das mães felizes! Como é majestoso e belo, ó vizir!, o palácio que a tua bondade fez erguer nas terras de Tiapur! Alá seja Exaltado!

Reparai, meu amigo! A verdade não deve ser ofuscada!

Grande fora, sem dúvida, o ministro Idálio ao praticar, com risco de sua vida, aquele ato de caridade; maior, porém, demonstrara ser o rei ao aprovar imediatamente, com intensa alegria, a generosidade de seu vizir.

O palácio maravilhoso do rei Hiamir tinha os seus alicerces inabaláveis na terra; mas estendia as suas torres deslumbrantes até ao céu.

A Partida do Juiz

Naquele tempo vivia em Basra o célebre juiz Samul Tacvin, que os árabes apelidaram El-Zaqui, palavra que significa agudeza de espírito e brilho de inteligência. O preclaro El-Zaqui, que já raiava pelos setenta anos, era temido e respeitado.

Certa vez dois árabes, que contendiam sobre uma questão de dívidas, foram ter à presença do venerando magistrado.

— Qual a causa da divergência? — inquiriu o cádi.

— Este homem, sr. Juiz — e apontou arrogante para o acusado —, deve-me a apreciável quantia de trinta e um dinares e quer pagar-me, apenas, cinco. Trouxe-o, pois, ao tribunal, pois não vejo outro modo de forçá-lo à satisfação integral da dívida.

— É falso, ó ilustre cádi — protestou vivamente o acusado. — Devo apenas ao meu amigo Neif a quantia de cinco dinares e não pretendo fugir ao resgate desse compromisso.

— Explique-me — volveu o juiz, dirigindo-se ao devedor — qual é a origem dessa dívida. Não é possível julgar-se uma causa sem se conhecer, em suas verdadeiras minúcias, as razões que a geraram. Fale, que eu estou de ânimo assente para ouvir tudo.

Interpelado dessa forma, o acusado narrou o seguinte:

— Chamo-me Teil Aedar e exerço, nesta cidade, o ofício de pasteleiro. Fui, há pouco mais de vinte dias, obrigado a fazer sozinho uma longa viagem. A jornada era monótona e triste. Resolvido a recrear-me nos momentos de descanso, tomei um par de dados e iniciei uma partida. Imaginei que tinha um parceiro e esse parceiro era precisamente o meu amigo Neif. Jogava, então, uma vez por mim e outra vez por ele. E, a fim de evitar que o jogo fosse destituído de interesse, jurei que pagaria a Neif a quantia que viesse a perder se porventura a sorte não me favorecesse. Agi, durante o jogo, com absoluta lisura e lealdade. Eis, afinal, o que sucedeu: joguei cinco partidas e perdi-as todas. Em cada partida Neif, segundo eu convencionara comigo mesmo, apostou um dinar; houve, pois, para mim, um prejuízo de cinco dinares, que devo, em consequência do juramento, ao meu amigo Neif.

— Não compreendo — obstou, com visível ironia, o juiz — como uma dívida, surgida de um jogo no qual o feliz vencedor não teve a menor interferência, possa passar de cinco para trinta e um, sofrendo tão grande acréscimo.

Neif, o queixoso, que era alto, vermelhaço e arrogante, tomou a palavra e justificou a sua reclamação:

— Asseguro-vos, sr. Juiz, que a razão se acha inteiramente a meu lado. Teil Aedar, o acusado, sabia muito bem, pois muitas vezes temos jogado juntos, que eu aplico invariavelmente o sistema de dobrar as paradas sempre que nos primeiros golpes sou beneficiado pela sorte. Ora, assim sendo, é claro que na primeira partida eu ganhei um dinar; é evidente que, na segunda, apostei dois e ganhei outros dois; na terceira, tendo arriscado parada maior, o meu lucro já foi de quatro dinares; no golpe seguinte obtive oito e, na última jogada, graças ao meu ânimo arrojado, ganhei 16 dinares. "Retirei-me" com um capital de 32 dinares do qual, descontada a quantia inicial, ficam ainda 31 dinares. É, pois, sem dúvida, a quantia que tenho a receber de Teil Aedar.

Aquela explicação absurda, de um cinismo incrível, deixou o digno magistrado estarrecido. Via-se diante de uma demanda singular, na qual cada uma das partes fundamentava de modo inacreditável, sem cabimento algum, a legitimidade de sua causa.

Depois de meditar durante alguns minutos, o juiz voltou-se para Teil Aedar e disse-lhe:

— Quero examinar os dados que serviram na partida! Cumpre-me verificar se são perfeitos ou não.

Ao receber os dados, o juiz atirou-os, com a maior naturalidade, sobre a mesa e enunciou, em voz alta, os pontos que eles indicavam:

— Onze! — Outra vez, ainda, com as suas mãos inexpertas, experimentou jogá-los. — Oito!

Tirou, assim, a sorte várias vezes anunciando sempre, em voz alta, o resultado.

Os dois árabes litigantes, Neif e Teil, observavam, em silêncio, cheios de perplexidade, a atitude pachorrenta do juiz.

Por fim o judicioso cádi declarou aos interessados:

— Ao conferir os dados que me foram entregues, aproveitei o ensejo e joguei uma pequena partida na qual admiti, para maior interesse do jogo, que os parceiros éramos nós três. Nessa partida dei os golpes, não só por mim, como também por vocês dois. Querem saber qual foi o resultado? Você, Neif, foi infeliz e perdeu para o seu amigo Teil a quantia de 31 dinares. É claro que a dívida que existia, alegada por você na causa, já não existe mais. Quanto a mim, a sorte foi benéfica. Ganhei de cada um de vocês a quantia de dez dinares, e determino que efetuem imediatamente, sob pena de prisão e bastonadas, o pagamento dessa dívida! E considerem-se muito felizes, pois, ao perceber que a sorte não os queria favorecer, resolvi interromper o jogo, contentando-me com um pequeno lucro! — E rematou com solene exaltação: — É essa a minha sentença. Se voltarem a importunar este tribunal com outras contendas do mesmo gênero, usarei de impiedoso rigor!

A Porcelana do Rei

Achava-se, certa vez, Confúcio, o grande filósofo, na sala do trono.

Em dado momento o rei, afastando-se por alguns instantes dos ricos mandarins que o rodeavam, dirigiu-se ao sábio chinês e perguntou-lhe:

— Dize-me, ó honrado Confúcio!, como deve agir um magistrado? Com extrema severidade — a fim de corrigir e dominar os maus, ou com absoluta benevolência — a fim de não sacrificar os bons?

Ao ouvir as palavras do soberano, o ilustre filósofo conservou-se em silêncio; passados alguns minutos de profunda reflexão chamou um servo, que se achava perto, e pediu-lhe que trouxesse dois baldes — sendo um com água fervente e outro com água gelada.

Ora, havia na sala, adornando a escada que conduzia ao trono, dois lindos vasos dourados de porcelana. Eram peças preciosas, quase sagradas, que o rei muito apreciava.

Preparava-se o servo obediente para despejar, como lhe fora ordenado, a água fervente num dos vasos e a gelada no outro, quando o rei, emergindo de sua estupefação, interveio no caso com incontida energia:

— Que loucura é essa, ó venerável Confúcio! Queres destruir essas obras maravilhosas! A água fervente fará, certamente, arrebentar o vaso em que for colocada; a água gelada fará partir-se o outro!

Confúcio tomou então de um dos baldes, misturou a água fervente com a água gelada e, com a mistura assim obtida, encheu os dois vasos sem perigo algum.

O poderoso monarca e os venerandos mandarins observavam atônitos a atitude singular do filósofo.

Este, porém, indiferente ao assombro que causava, aproximou-se do soberano e assim falou:

— A alma do povo, ó rei, é como um vaso de porcelana, e a justiça do rei é como a água. A água fervente da severidade ou a gelada da excessiva benevolência são igualmente desastrosas para a delicada porcelana; manda, pois, a sabedoria e ensina a prudência que haja um perfeito equilíbrio entre a severidade — com que se pode castigar o mau, e a longanimidade — com que se deve educar e corrigir o bom.

Xeque-mate no Diabo

(Lenda Árabe)

Conheci na célebre cidade de Damasco, já lá se vão muitos anos, um velho enxadrista cristão, chamado Ibrahim Calemah.

Era um homem baixo; calvo, de barbas brancas; tinha o nariz deformado por uma cicatriz; os seus olhos negros, extremamente vivos, pareciam dois pequeninos besouros — desses estranhos besouros do deserto que os árabes de minha tribo denominavam *astemalak*.

Contaram-me os damascenos que o xeque Ibrahim, por causa da sua incorrigível mania e paixão pelo jogo de xadrez, se envolvera em perigosas aventuras.

De uma feita viu-se em séria atrapalhação com o próprio Diabo!

Com o Diabo?

Devia ser surpreendente essa aventura do cristão com o Maligno, que os árabes denominam Cheitã. Procurei conhecê-la. E um dia, finalmente, naquele pequeno café, que fica junto à porta de Santo Tomás, interroguei sobre o caso o famoso enxadrista.

Como conseguira ele enfrentar o próprio Gênio do Mal?

O velho Ibrahim, com sua enorme paciência, contou-me o seguinte:

— Nesse tempo eu não passava de um presumido enxadrista. A vaidade encastelara-se em meu coração. Tinha-me na conta de invencível. Conhecia milhares de golpes, lances secretos, contra-ataques e xeques que seriam suficientes para desnortear o adversário mais perigoso.

“Uma noite, depois de ter derrotado, num violento torneio, vários campeões, um de meus amigos interpelou-me:

“‘Você teria coragem de bater-se contra o Emir de Hedjaz, o campeão da Arábia?’

“‘Ora, ora’, respondi em tom de menoscabo. ‘Eu seria capaz de jogar xadrez até com o Diabo!’

“Aquela minha descabida bravata, dita com seriedade e convicção, surpreendeu os meus companheiros. Um pesado e impressionante silêncio seguiu-se às minhas palavras. Um maronita, bom católico, fitou-me horrorizado e respondeu-me circunspecto:

“‘Não diga isso, Ibrahim! É uma afronta à nossa crença!’

“‘Qual afronta, nem meia afronta!’, repliquei desabusado. ‘Diante do tabuleiro não temo adversário algum!’

"Nessa noite, entretanto, ao regressar para casa, sentia que praticara uma grave imprudência. Uma inquietação indefinível pesava em meu espírito já um pouco conturbado. Procurei dominar a sensação de temor que pouco a pouco me invadia.

"A noite estava muito escura; poucas estrelas se avistavam no céu de Damasco. O vento, com rajadas incertas, varria as ruas desertas, uivando como um chacal faminto.

"Passei por Aab-el Feredj, caminhei pela Rua Menac e cheguei, finalmente, a nossa casa em Elebeh. Minhas irmãs, dias antes, haviam seguido para Jerusalém e eu me achava, por isso, só.

"Abri cautelosamente a porta e entrei. Acendi logo a vela e encaminhei-me para o meu quarto.

"O tabuleiro de xadrez, com as suas trinta e duas peças, achava-se justamente como eu o havia deixado.

"E como me sentisse vagamente nervoso e sem sono, resolvi analisar uma das partidas que havia jogado, de tarde, durante o torneio. Preparei, pois, o tabuleiro e arrumei todas as peças em seus lugares.

"Nesse momento ouvi um estranho ruído. Voltei-me rápido e vi, de pé, diante de mim, um cavaleiro alto, de ombros largos, todo vestido de preto. O seu rosto era cor de bronze e seus olhos desprendiam um estranho lume.

"'Quem é o senhor?', bradei, tomado de indizível espanto. 'Que deseja a esta hora em minha casa?'

"'Calma, meu amigo', respondeu o desconhecido, fitando-me nos olhos, penetrantemente. 'Calma, ó xeque Ibrahim! Em poucas palavras explicarei o motivo desta minha inesperada visita. Ouvi hoje o teu insensato desafio. A tua petulância irritou-me. E aqui estou para medir a tua tão celebrada força de enxadrista.'

"Só então percebi, trêmulo de pavor, que tinha diante de mim o Diabo — aquele inimigo que os árabes chamam Cheitã, o Infernal.

"Procurei dominar-me e balbuciei:

"'Não me bato com o Demo!'

"'Mudarás de ideia, meu caro!', ameaçou Satã acompanhando as suas palavras de uma risadinha estridente, metálica, desagradável.

"'O desafio foi teu. E agora estás obrigado a aceitar-me como adversário.'

"E, depois de uma ligeira pausa, prosseguiu com severíssima catadura:

"'Vamos jogar uma única partida. Se venceres receberás, como prêmio, esta bolsa com cem libras; se perderes terás que abandonar, para sempre, o jogo de xadrez!'

"Já mais calmo, enchi-me de coragem e respondi:

"'Aceito a sua proposta. Vamos ao jogo, Sr. Diabo!'

"'Uma condição ainda', advertiu, num tom muito grave, o temível Cheitã, 'durante a nossa partida não farás gesto algum, nem dirás palavra que seja incompatível com a minha presença. Prometes?'

"Assim o prometo', confirmei com segurança.

"Sentamo-nos em silêncio diante do tabuleiro. O Diabo escolheu as pretas e eu joguei com as brancas.

"Iniciei, desde logo, um ataque violento, com os peões; avancei com os bispos e coloquei, em boa posição, os meus cavalos. De repente, porém, por um descuido, perdi uma peça e o Diabo passou para a ofensiva. Ao fim de poucos lances a minha posição tornou-se delicadíssima; o meu rei estava sob a ameaça de xeque-mate, isto é, a partida para mim estava em grave perigo.

"Procurei defender-me com as torres; os meus planos, porém, foram inutilizados por um xeque duplo que atirou por terra a minha dama e um de meus bispos. Percebi, nesse momento, que estava perdido. O Diabo, com uma torre e dois cavalos, cercava o meu rei.

"Em dado momento, cascalhou uma grande risada e clamou:

"'E agora, campeão? Ainda julgas que podes ganhar? Para um jogador de fama seria preferível abandonar? Em poucos lances darei o xeque-mate no teu rei!'

"'Vamos!', bradei exaltado. 'Não abandono! Quero ver esse xeque-mate!'

"No momento, porém, em que o Diabo tomou de sua torre preta para completar o lance final que lhe daria a vitória da partida, soltou um rugido surdo, tremendo, e desapareceu.

"O abalo foi tão grande que rolei meio estonteado pelo chão.

"Quando despertei do susto, as peças do xadrez — reis, torres e peões — estavam espalhadas em redor de mim. Ao pé da mesa, pesada de ouro, estava a bolsa escura. Era o prêmio da vitória.

"Havia naquela singular aventura um mistério para mim indecifrável.

"Por que teria o Diabo abandonado, de repente, a partida já inteiramente ganha por ele?

"Com calma reconstituí, no tabuleiro, lance por lance, a partida jogada. E ao chegar ao golpe final, o caso ficou inteiramente esclarecido:

"No último lance, em que deveria dar xeque-mate ao meu rei, as oito peças restantes, sobre o tabuleiro, formavam a figura perfeita de uma cruz!

"E impossibilitado de formar aquele símbolo sagrado, o meu infernal adversário viu-se obrigado a fugir!

"Só mesmo a cruz seria capaz de vencer e esmagar para sempre o Diabo!"

E com essas palavras o velho campeão dava por finda a narrativa de sua estranha aventura enxadrística.

As Quatro Cores

Além das montanhas avermelhadas que limitam os grandes desertos da Pérsia floresceu outrora um pequeno país denominado Sistã.

Durante largo período foi o Sistã sabiamente governado por um rei bondoso e justo que se chamava Romenide.

Esse monarca, tão estimado pelos seus súditos, tinha onze filhos. Inútil será dizer que os onze príncipes, exaltados e turbulentos, ambicionavam o trono e pretendiam conquistar o ouro e o poder.

No dia em que completou o seu octogésimo oitavo aniversário sentiu-se o rei Romenide gravemente enfermo.

"Logo que eu fechar os olhos para a vida", pensou o velho monarca, "meus filhos, sem pesar os interesses da nação e o bem-estar de meus súditos, entrarão cegamente em conflito para a conquista do trono. Haverá lutas terríveis e as guerras civis trarão a ruína e a miséria para o meu povo."

Que fez, então, o rei?

Mandou reunir, na grande e suntuosa sala do trono, os seus onze filhos e na presença dos vizires, nobres e altos dignitários do reino disse-lhes:

— Bem sei que poucos meses me restam de vida. E certo estou de que por minha morte desejarão os meus filhos dividir o meu reino em onze partes, cabendo, assim, uma parte para cada um. Não sei como julgar importuna essa forma de partilha. Exijo, porém, uma condição. A partilha do território, que atualmente constitui um só reino, deve ser feita de tal modo que quatro cores não sejam suficientes para colorir o novo mapa de nosso país!

Os príncipes juraram, na presença dos nobres e vizires, que atenderiam rigorosamente à exigência feita pelo rei Romenide.

Algumas semanas depois, em consequência de um ataque súbito do coração, faleceu o bondoso soberano.

Decorrido o período de luto, que as grandes cerimônias exigiam, prepararam-se logo os onze príncipes para a partilha das terras do Sistã. E como achassem um pouco estranha a exigência paterna resolveram consultar, sobre o caso, um famoso geógrafo.

O sábio explicou:

— Se o reino for dividido em duas partes é claro que com duas cores posso preparar facilmente o novo mapa. Cada novo país será distinguido por uma cor. Se o Sistã for dividido em três províncias distintas, três cores bastarão para a preparação do novo mapa. Se o país for dividido, porém, em quatro, em cinco ou em qualquer número de partes, com quatro cores poderá ser colorido o novo mapa, sem que fiquem dois países vizinhos com a mesma cor.

— E se o território for dividido em onze partes? — interpelou o príncipe mais velho.

— Mesmo nesse caso — respondeu tranquilo o geógrafo — o novo mapa, com os onze novos países, poderá ser colorido apenas com quatro cores distintas. E não ficarão dois países vizinhos com a mesma cor!

E receoso de que as suas palavras pudessem contrariar os príncipes, acrescentou:

— Esse problema das quatro cores do mapa é um problema de alta matemática. Acho, pois, que deveis consultar um matemático ou um algebrista.

Os onze príncipes, nesse mesmo dia, procuraram ansiosos o maior e mais prestigioso matemático do país.

— Seria possível — indagaram — retalhar o país em onze partes tais que o novo mapa não pudesse ser colorido apenas com quatro cores?

Respondeu com segurança o douto matemático:

— O problema que acabais de me propor é inteiramente insolúvel. Fosse, embora, o país dividido em vinte mil estados poderíamos distinguir, no novo mapa, um estado do outro empregando apenas quatro cores. E não ficariam dois estados vizinhos indicados pela mesma cor.

— É incrível — objetou impaciente o príncipe mais moço — que meu pai, que sempre foi judicioso e esclarecido, tenha imposto para a partilha do reino uma condição que a ciência declara impossível.

— Quero crer — respondeu o matemático — que vosso pai agiu com grande sabedoria e prudência. Exigindo para a partilha do reino uma condição reputada inviável, ele quis, apenas, mostrar a seus herdeiros que a divisão do reino em pequeninos estados seria um erro grave, uma medida desastrosa para o povo. Da divisão resultaria a fraqueza, a desordem, a decadência. Se o país se conservar unido sob um chefe único, continuará poderoso e forte!

Os príncipes — impressionados com as judiciosas palavras do sábio, e resolvidos a obedecer aos conselhos paternos — desistiram de seus planos ambiciosos. Entregaram o governo ao mais velho e conservaram, para a felicidade do povo, a integridade territorial do país.

Uassalã!

Louvores a Deus

O viajante que deixa a velha cidade de Sanna, no Sul da Arábia, em direitura ao pitoresco oásis de Beik, pode seguir dois caminhos ou um atalho.

Era exatamente por esse atalho que o prudente Azer Nejm seguia, ao pardejar da tarde, quando avistou o seu dedicado amigo Nascif Buazar, o carpinteiro do rei.

Nascif ia andando vagaroso, a cabeça baixa e o semblante denotava que negros pensamentos envenenavam o seu conturbado espírito.

Vendo-o assim tão apreensivo, Azer Nejm não se conteve e indagou qual era a causa daquele desgosto.

— Uma desgraça, meu amigo — lamentou Nascif com voz sucumbida, quase soluçante. — Uma verdadeira desgraça!

Imagine você que o rei Assad encomendou-me um pequeno armário onde ele pudesse conservar os duzentos turbantes de sua coleção. Trabalhei na peça cerca de oito dias e mandei, afinal, levá-la aos aposentos do rei. Por um lamentável descuido de minha parte o tal armário tinha um defeito na armação e depois de colocado pelos servos e arrumado pelas escravas partiu-se em dois pedaços espalhando pelo chão os ricos turbantes do rei. Enfureceu-se o monarca com o caso, que afinal não tinha a menor importância, e resolveu que eu fosse impiedosamente castigado.

— E qual foi o castigo? — indagou Nejm vivamente interessado.

Respondeu Nascif, levantando o rosto numa expressão dolorosa:

— Determinou que eu seria obrigado a levar amanhã, ao palácio, depois da primeira prece, três caixas de serragem, sendo uma caixa de serragem amarela, outra, de serragem preta e a terceira, de serragem vermelha, cor de sangue. Se eu não conseguir toda essa serragem, dentro do prazo marcado, serei enforcado no pátio do antigo mercado. — E, dobrando a cabeça sob o peso de sua amargura, acrescentou em tom de desespero: — Sinto-me irremediavelmente perdido, meu amigo! Como conseguir tanta serragem num prazo tão curto? Nem sei, afinal, o que faço...

— Nada mais simples — interrompeu Nejm. — Na minha opinião você deve afastar do espírito esse desespero torturante, que nada justifica, e bem depressa ir para casa erguer louvores a Deus!

— Louvores a Deus! — exclamou Nascif, de golpe, fitando o amigo com surpresa. — Como pode um homem que se sente em desesperadora situação, sob ameaça de morte, erguer louvores a Deus! Não acredito que você, com tal conselho, queira zombar de minha aflitiva situação.

— E quem falou em situação aflitiva? — retornou Nejm, com inflexão de bondade e pesar. — As palavras que você acaba de proferir encerram uma verdadeira heresia. A sua situação, a meu ver, é magnífica e nada tem de assustadora. Posso provar, em poucas palavras, que a boa sorte milita em seu favor. Que exigiu de você o rei Assad? Três caixas de serragem, repare bem: três caixas!, quando, por simples perversidade, o tirano caprichoso poderia inventar uma exigência absurda requisitando de você trinta ou quarenta caixas. Ainda mais. A serragem deve ser amarela, preta e vermelha — tudo possível e até bem fácil de se obter. Basta, para isso, escolher a madeira conveniente. E se ele, por extravagância, preferisse a serragem azul ou dourada? Não seria mil vezes pior? Logo, meu amigo, você é um homem de sorte. Trate de ir para casa, como já disse, erguer louvores a Deus!

Impressionado pelas sensatas e sinceras palavras do amigo compreendeu o carpinteiro que a sua situação poderia, na realidade, ser mil vezes pior. Já mais animado dirigiu-se para casa e mandou reunir todos os amigos e vizinhos aos quais narrou o sucedido.

— E que vais fazer? — indagaram.

— Erguer louvores a Deus! — explicou Nascif. — Obter a serragem exigida pelo rei parece-me quase impossível e quando um homem se sente em situação desesperadora, sem amparo no mundo, só uma coisa pode fazer: erguer louvores a Deus!

E puseram-se todos a cantar e a orar, erguendo louvores a Alá, o Único!

Pela manhã, muito cedo, avistou Nascif dois guardas que a cavalo, pela estrada, se encaminhavam para sua casa.

— Estou perdido — pensou o carpinteiro transido de pavor. — Os soldados do rei já vêm à minha procura.

Despediu-se Nascif de sua família e de seus amigos e foi ao encontro dos enviados do tirano.

— Quem é aí Nascif Buazar, o carpinteiro? — gritou com voz trovejante um dos guardas.

— Sou eu — acudiu logo Nascif. — Sinto muito dizer que não tenho nem meia libra de serragem amarela...

— Quem falou em serragem? — recalcitrou o guarda com mau humor, encarando-o de revés. — Guarde a sua serragem amarela que não precisamos dela para nada. Vamos levá-lo ao palácio por ordem do novo príncipe...

— Do novo príncipe? — estranhou Nascif.

— Sim — confirmou o guarda. A ordem é do novo príncipe Ben Nezul. O rei Assad faleceu esta noite e o príncipe Rustã precisa, com urgência, que você vá ao palácio a fim de tomar as medidas e preparar o caixão do rei! E pelo serviço receberás uma recompensa!

— O rei Assad morreu! — bradou Nascif.

E, voltando-se para os companheiros que o rodeavam, exclamou de afogadilho, com o coração alvoroçado de prazer:

— Meus amigos, ergamos louvores a Deus! Nada pode o homem conseguir na vida sem auxílio de Deus!

Uassalã!

A Sombra do Cavalo

(Lenda Árabe)

Há um velho provérbio árabe que diz: "Trata do teu cavalo e tratarás de ti próprio."

Salim el-Macalia, rico mercador de Meca, não atendia, porém, aos sábios ensinamentos dessa grande verdade. Pouco importavam a ele as palavras santas do Alcorão e os sábios conselhos do Profeta. Se alguém o censurava por maltratar o pobre cavalo, ele retorquia: "Tenho dinheiro. Se ele morrer, compro outro."

O certo é que um dia, sob o sol causticante de Arábia, quando jornadeava el-Macalia, o cavalo em que ele montava caiu de repente, de cansaço e fome, e ali mesmo, no meio da estrada, morreu.

Não se perturbou o mercador com o triste fim do pobre animal. Tomou nos ombros o seu saco de viagem, e continuou, a pé, o trecho que faltava da jornada.

Um curioso fato, porém, começou a despertar a atenção de Salim. É que todas as pessoas que o encontravam na estrada pareciam fugir espavoridas.

"Por Alá!", pensou. "Pelas barbas do Profeta! Que tenho eu hoje, que todos se afastam e fogem de mim?"

Numa curva do caminho veio-lhe ao encontro um nômade do deserto. Antes que o desconhecido lhe fugisse, Salim o agarrou e disse-lhe atiçado por ímpeto de raiva:

— Desgraçado! Por que queres também fugir de mim?

Trêmulo, hesitante, o pobre beduíno respondeu:

— É que... o senhor... está... com a sombra de um cavalo!

Foi então que o maldoso Salim olhou para o chão. A seus pés projetava-se, não a sombra comum de um homem, mas nítida e perfeita, a sombra de um cavalo. Lá estavam as orelhas longas, o dorso arqueado, a cauda...

Tomado de indizível terror Salim el-Macalia percebeu a extensão imensa de sua desgraça.

O cavalo que pouco antes havia morrido deixara-lhe, como herança diabólica, aquela sombra maldita que o havia de acompanhar para o resto da vida.

Correu célebre a extraordinária notícia. As caravanas que voltavam da Cidade Santa espalhavam pelas aldeias e oásis aquela novidade famosa:

— Salim, o mercador, tem sombra de cavalo!

Em Meca, uma verdadeira multidão de curiosos esperava ansiosa pela volta do condenado. Mas este só entrou na cidade quando já era noite escura. Mesmo assim, ao passar pela porta de uma hospedaria, teve, sem querer, a sua sombra medonha projetada na parede. Uma menina assustada gritou:

— Ali está o homem que tem a sombra de cavalo.

Antes que os gaiatos o seguissem, com apupos e zombarias, Salim fugiu. E a sua vida, desse momento em diante, foi um fugir constante. O infeliz não podia aparecer na cidade, senão aproveitando a escuridão da noite. Assim mesmo só andava nos lugares sombrios, sem iluminação.

A sua existência era um inferno. Afinal, já desesperado, Salim resolveu consultar um velho imã que era notável pelas suas curas e milagres.

— Faze o bem que puderes, meu amigo — disse-lhe o marabu — e essa sombra não mais te seguirá.

Salim seguiu fielmente o conselho. Socorreu os pobres, os enfermos e as crianças. Gastou, enfim, uma grande parte de seus bens auxiliando os fracos e infelizes.

Coisa interessante! À proporção que ele praticava o bem, a tal sombra de cavalo ia desaparecendo, e a sua sombra ia retomando a forma primitiva.

Um dia, enfim, tendo Salim saído em pleno sol, para salvar uma criança que fora atacada por um cão bravio, notou que a antiga sombra voltara a ocupar o seu lugar.

Desse dia em diante ninguém mais zombou dele. Pelo contrário: Salim el-Macalia tornou-se um homem respeitado e querido. Quando passava, todos os saudavam:

— Que Alá proteja o bondoso el-Macalia! É bom para os homens e para todos os animais!

E o velho sacerdote dizia sempre, com pausados meneios de sua bela cabeça encanecida:

— O que acompanhava o rico mercador não era uma sombra e sim o remorso. O remorso toma todas as formas e aspectos, para castigar os homens sem piedade que praticam más ações.

O Tesouro de Bresa

Houve outrora, em Babilônia — a famosa cidade dos jardins suspensos — um pobre e modesto alfaiate chamado Enedim, homem inteligente e trabalhador, que, por suas boas qualidades e dotes de coração, granjeara muitas simpatias no bairro em que morava.

Enedim passava o dia inteiro, da manhã à noite, cortando, consertando e preparando as roupas de seus numerosos fregueses, e, embora paupérrimo, não perdia a esperança de vir a ser riquíssimo, senhor de muitos palácios e grandes tesouros.

"Como conquistar, porém, essa tão ambicionada riqueza?", pensava o mísero remendão, passando e repassando a agulha grossa de seu ofício; "como descobrir um desses famosos tesouros que se acham escondidos no seio da terra ou perdidos nas profundezas dos mares?"

Ouvira contar, em palestra com estrangeiros vindos do Egito, da Síria, da Grécia e da Fenícia, histórias prodigiosas de aventureiros que haviam topado com imensas cavernas cheias de ouro; grutas profundas crivadas de brilhantes; luras sórdidas que guardavam caixas pesadíssimas a transbordar de pérolas, mimoso fruto da rapina de bárbaros cartagineses. E não poderia ele, à semelhança desses aventureiros felizes, descobrir um tesouro fabuloso e tornar-se, assim, de um momento para outro, mais rico do que Nabonid, o rei poderoso? Ah! se tal acontecesse, ele seria, então, senhor de um coruscante palácio; teria numerosos escravos; e, todas as tardes, num grande carro de ouro, tirado por mansos leões, passearia, de seu vagar, sobre as grandes muralhas de Babilônia, cortejando amistosamente os príncipes ilustres da casa real.

Assim meditava o bondoso Enedim, divagando por tão longínquas riquezas, quando lhe parou à porta de casa um velho mercador da Fenícia, que vendia tapetes, caixas de ébano, bolas de vidro, imagens, pedras coloridas e uma infinidade de outros objetos extravagantes tão apreciados pelos babilônios.

Por mera curiosidade começou Enedim a examinar as bugigangas que o vendedor lhe oferecia, quando descobriu, entre elas, uma espécie de livro de muitas folhas, onde se viam caracteres estranhos e desconhecidos.

Era uma preciosidade aquele livro — afirmava o traficante passando as mãos ásperas pelas barbas que lhe caíam sobre o peito — e custava apenas três dinares.

Três dinares? Era muito dinheiro para o pobre alfaiate. Para possuir objeto tão curioso e raro Enedim seria capaz de gastar até dois dinares de prata.

— Está bem — concordou o mercador — fica-lhe o livro por dois dinares, mas esteja certo de que lho dou de graça.

Afastou-se o vendedor, e Enedim tratou, sem demora, de examinar cuidadosamente a preciosidade que havia adquirido. Qual não foi a sua surpresa quando conseguiu decifrar, na primeira página, a seguinte legenda escrita em complicados caracteres caldaicos: "o segredo do tesouro de Bresa".

Por Baal! Aquele livro maravilhoso, cheio de mistério, ensinava, com certeza, onde se encontrava algum tesouro fabuloso, o tesouro de Bresa! Mas que tesouro seria esse? Enedim recordava-se vagamente de já ter ouvido qualquer referência a ele. Mas quando? Onde?

E com o coração a bater descompassadamente, decifrou ainda:

> "O tesouro de Bresa, enterrado pelo gênio do mesmo nome entre as montanhas do Harbatol, foi ali esquecido, e ali se acha ainda, até que algum homem esforçado venha a encontrá-lo."

Harbatol! Que montanhas seriam essas que encerravam todo o ouro fabuloso de um gênio?

E o esforçado alfaiate dispôs-se a decifrar todas as páginas daquele livro, a ver se atinava, custasse o que custasse, com o segredo de Bresa para apoderar-se do tesouro imenso que o capricho de seu possuidor fizera enterrar nalguma gruta perdida entre montanhas.

As primeiras páginas eram escritas em caracteres de vários povos; Enedim foi obrigado a estudar os hieróglifos egípcios, a língua dos gregos, os dialetos persas, o complicado idioma dos judeus. Ao fim de três anos, deixava Enedim a antiga profissão de alfaiate, e passava a ser o intérprete do rei, pois na cidade não havia quem soubesse tantos idiomas estrangeiros.

O cargo de intérprete do rei era bem rendoso; ganhava Enedim cem dinares por dia; ademais, morava numa grande casa, tinha muitos criados e todos os nobres da corte o saudavam respeitosamente.

Não desistiu, porém, o esforçado Enedim, de descobrir o grande mistério de Bresa. Continuando a ler o livro encantado, encontrou várias páginas cheias de cálculos, números e figuras. E, a fim de ir compreendendo o que lia, foi obrigado a estudar matemática com o calculista da cidade, tornando-se, ao cabo de pouco tempo, grande conhecedor das complicadas transformações aritméticas.

Graças a esses novos conhecimentos pôde Enedim calcular, desenhar e construir uma grande ponte sobre o Eufrates; esse trabalho agradou tanto ao rei que ele resolveu nomear Enedim para exercer o cargo de prefeito. O antigo e humilde alfaiate passava, assim, a ser um dos homens mais notáveis da cidade.

Ativo e sempre empenhado em desvendar o segredo do tal livro, foi compelido a estudar profundamente as leis, os princípios religiosos de seu país e os do povo caldeu; com o auxílio desses novos conhecimentos conseguiu Enedim dirimir uma velha pendência entre os doutores.

— É um grande homem o Enedim! — o rei declarou quando soube do fato. — Vou nomeá-lo primeiro-ministro.

E assim fez. Foi o nosso esforçado herói ocupar o elevado cargo de ministro. Vivia, então, num suntuoso palácio, perto do jardim real, tinha muitos escravos, e recebia visitas dos príncipes mais ricos e poderosos do mundo.

Graças ao trabalho e ao grande saber de Enedim, o reino progrediu rapidamente, a cidade ficou repleta de estrangeiros; ergueram-se grandes palácios, várias estradas se construíram para ligar Babilônia às cidades vizinhas. Enedim era o homem mais notável do seu tempo; ganhava diariamente mais de mil moedas de ouro; e tinha em seu palácio, de mármores e pedrarias, caixas de bronze cheias de joias riquíssimas e de pérolas de valor incalculável.

— Mas — coisa interessante! — Enedim não conhecia ainda o segredo do livro de Bresa, embora lhe tivesse lido e relido todas as páginas! Como poderia penetrar aquele mistério?

E um dia, cavaqueando com um velho imã, teve ocasião de referir-se à incógnita que o atormentava. Riu-se o bom religioso ao ouvir a ingênua confissão do grande vizir, e, afeito a decifrar os maiores enigmas da vida, assim falou:

— O tesouro de Bresa já está em vosso poder, meu senhor. Graças ao livro misterioso é que adquiristes um grande saber, e esse saber vos proporcionou os invejáveis bens que já possuis. Bresa significa "saber". Harbatol quer dizer "trabalho". Com estudo e trabalho pode o homem conquistar tesouros maiores do que os que se ocultam no seio da terra.

Tinha razão o velho sacerdote.

Bresa, o gênio, guarda realmente um tesouro valiosíssimo que qualquer homem esforçado e inteligente pode conseguir;

essa riqueza prodigiosa não se acha, porém, perdida no seio da terra nem nas profundezas dos mares; encontrá-la-eis, sim, nos bons livros, que, proporcionando saber aos homens, abrem para aqueles que se dedicam aos estudos com amor e tenacidade as grutas maravilhosas de mil tesouros encantados.

Os Dois Amigos

(Lenda Árabe)

Nas perigosas montanhas — que os persas denominam Iabaquir — os guardas que vigiavam a fronteira surpreenderam, ao abrir da manhã, antes da primeira prece, um pequeno grupo de contrabandistas.

Três deles conseguiram fugir; outro, que resistiu de arma na mão, foi morto pelos soldados; um apenas, que se deixara ficar encostado a uma pedra, foi aprisionado e conduzido, no mesmo dia, à presença do rei Chariar, apelidado O Inflexível.

O soberano, depois de consultar dois íntegros e sábios juízes, e saber os termos da lei, declarou que o contrabandista preso nos serros de Iabaquir estava condenado à morte.

Ao ouvir a grave sentença, o prisioneiro pediu permissão para falar.

— Fala! — concedeu o rei.

— O meu nome — começou o prisioneiro — é Monir Salomão. Arrastado pela negra e torpe ambição de enriquecer rapidamente aliciei-me com aqueles que exercem a execranda profissão de contrabandistas. O castigo cai, pois, sobre mim, merecidamente. Desejo apenas formular um pedido. Tenho mulher e filhos. Minha família mora numa pequenina aldeia muito longe desta cidade. Se eu morrer agora meus filhos e minha esposa ficarão inteiramente sem recursos e abandonados. Solicito, pois, que me seja concedido o prazo de um ano para regularizar os meus negócios e amparar aqueles que me são caros. Findo esse prazo voltarei a esta cidade para que, contra mim, seja cumprida a sentença de morte.

— Embora me pareça estranho o teu pedido — retorquiu o rei — não teria dúvida em atendê-lo. Quem me garantirá, porém, o teu regresso? Como poderei confiar em tua palavra, ou melhor, no juramento de um contrabandista! Uma vez em liberdade deixarás, certamente, o país e nunca mais aqui tornarás...

Respondeu o condenado com veemência:

— Deixarei, como penhor, um amigo em meu lugar.

— Aceito a proposta — concordou o rei. — Imponho, porém, uma condição: o teu amigo será enforcado se, findo o prazo concedido, não tiveres ainda regressado.

A notícia do caso espalhou-se pela cidade. No dia seguinte apresentou-se diante do rei um homem chamado Zeidun, que se oferecia para ficar no lugar de seu amigo Monir Salomão.

Disse-lhe com serenidade e firmeza o monarca:

— Previno-te de uma coisa: se findo o prazo de um ano o teu amigo não houver ainda regressado serás enforcado como contrabandista. Aceitas?

— Aceito! — declarou Zeidun. Passaram-se os doze meses e Monir Salomão, o condenado, não regressou.

Determinou, pois, o rei fossem feitos os preparativos para a execução do amigo que se oferecera para ficar como refém.

Na praça principal da cidade foi erguida uma grande forca e Zeidun compreendeu que poucas horas lhe restavam de vida.

Muitas pessoas, com negras invectivas, censuraram o procedimento do indigno Monir que fora tão desleal ao abandonar o amigo dedicado.

De repente, porém, a cidade foi abalada por uma notícia sensacional. Monir Salomão acabara de chegar.

Surgia com o albornoz em frangalhos, coberto de terra; uma violenta tempestade de areia retardara por dois dias a sua viagem e o obrigara a atravessar a pé uma grande parte do deserto.

Assombrou-se o rei ao saber que o condenado, fiel à palavra dada, havia regressado, com o maior sacrifício, para salvar o amigo. Ordenou o monarca que os dois árabes fossem conduzidos à sua presença. Queria, apenas, interrogá-los. Dirigiu-se, pois, ao fiel Zeidun e disse-lhe com mansidão e num tom de simpatia:

— Admiro-te, meu caro Zeidun. És realmente de grande coragem. Ficaste no lugar de um companheiro condenado à morte. Esse amigo, levado pelo instinto de conservação, poderia fugir, desaparecer e tu, fiador da palavra empenhada, estarias irremediavelmente perdido. Dize-me, por que ficaste?

Respondeu Zeidun com voz serena e grave:

— Fiquei, ó emir!, para provar que no coração do árabe ainda existe a confiança!

Voltou-se o rei para o infeliz condenado e interpelou-o bondoso:

— E tu, meu caro Monir? O teu proceder deixou-me deslumbrado! Estavas livre, inteiramente livre. Teus filhos e tua esposa prendem-te, decerto, à vida. Podias fugir para outro país, desaparecer e abandonar nas mãos do carrasco o amigo que temerariamente ficou em teu lugar. Dize-me, por que voltaste?

Monir Salomão, sem hesitar, respondeu placidamente:

— Aqui estou, ó rei do tempo!, para provar que no coração dos árabes ainda existe a lealdade!

Ao ouvir tais palavras o rei Chariar não se conteve. Ergueu-se de seu trono e num tom solene e arrastado disse:

— Diante do que acabo de ouvir declaro que Monir Salomão está perdoado, e determino seja concedido a seu dedicado amigo Zeidun um prêmio de mil dinares!

Os nobres xeques e vizires que enchiam o grande divã real encheram-se de assombro ao ouvir aquela inesperada sentença do poderoso Chariar.

O primeiro-vizir não se conteve. Dirigiu-se respeitoso ao monarca e depois de inclinar-se numa breve mesura, assim falou:

— A nossa curiosidade, ó rei!, não tem limites! A vossa derradeira sentença, confesso, surpreendeu-nos. Pedimos perdão pela nossa ousadia, mas gostaríamos de conhecer o motivo que o levou a perdoar Monir e a recompensar Zeidun!

O bom monarca quedou-se mudo como se o repentino da pergunta o tivesse atordoado. Depois de breve reflexão, assim falou.

— Esses homens procederam, no caso, com lealdade e nobreza. Absolvi, por isso, o primeiro e recompensei o segundo. O meu perdão tinha por fim provar que no coração dos árabes ainda existe a bondade...

— E a recompensa?

— Com essa oportuna e merecida recompensa — concluiu o monarca — provei, apenas, que no coração dos árabes ainda existem a generosidade[1] e a Justiça.

Uassalã!

[1]Os sentimentos da generosidade e da valentia constituem, realmente, os traços mais característicos do caráter do árabe. São numerosos os testemunhos dos grandes historiadores cristãos. Em seu livro *História das Civilizações,* conta-nos Gustavo Le Bon que Abdo Rahman III, durante as guerras de 960, concedeu ao seu inimigo, o Príncipe Sandro, de Leon, um salvo-conduto a fim de que pudesse o nobre cristão, que se achava enfermo, consultar os médicos árabes de sua confiança. O historiador inglês Stanley Lane Poole, que analisou largamente a vida do sultão Saladino, conta que esse poderoso monarca, ao conquistar Jerusalém em 1137, determinou que fossem perdoados todos os vencidos e proclamou que eram livres todos os habitantes da cidade. "E ainda mais", acrescenta Stanley Poole, "o sultão fez distribuir socorros e auxílios em dinheiro a todos os cristãos enfermos." (pág. 306)

O Intérprete das Corujas

(Lenda Síria)

Damasco, na Síria, meu jovem amigo. Se algum dia visitares a famosa cidade, poderás admirar — para além do velho Bazar — uma bela e rica mesquita que os árabes denominaram Umauê, ou melhor, Dejami el-Umauê.

Vem comigo. Tiremos nossos sapatos, coloquemos nos pés estas confortáveis babuchas amarelas e entremos na mesquita pela porta principal.

Repara. Nesta imensa parede tão batida pela luz, destacam-se várias inscrições em caracteres árabes. Uma dessas legendas recorda o nome de um certo rei ou emir chamado Man Atil Zaidan.

Quem foi, afinal, esse monarca cujo nome figura em arabescos no templo de Damasco? Teria ele praticado alguma proeza? Será citado, como herói, em alguma história ou lenda do Oriente?

Acertou, meu amigo. Esse rei, de nome tão sonoro, aparece envolvido na trama de uma história singular que vou contar.

Logo que subiu ao ambicionado trono da Síria — ao contrário de seus antecessores — mostrou-se o rei Man Atil Zaidan violento, perverso e ambicioso. Preocupado em obter dinheiro para a sua corte aparatosa e inútil, e satisfazer os caprichos mais vergonhosos, não hesitou esse indigno monarca em sobrecarregar as cidades de impostos pesadíssimos. Os comerciantes arruinavam-se; os pequenos fabricantes abandonaram as suas indústrias. Por todos os recantos surgia a miséria com o seu lamentável cortejo de calamidades.

E tudo isso por quê?

Por causa de um rei insensato e egoísta que não zelava pela felicidade de seu povo e vivia indiferente à prosperidade de seu país.

Ora, o emir Zaidan tinha um vizir, ou melhor, um ministro, chamado Obaid Hazen, que se distinguia por ser homem bom e piedoso.

Seriamente preocupado com a situação de penúria a que havia chegado o povo sírio, resolveu o vizir Hazen intervir junto ao poderoso emir a fim de pôr termo àquela situação angustiosa.

Que fazer? Dar conselhos ao rei?

Seria uma imprudência, uma loucura. Qualquer advertência ou a menor ponderação provocaria uma irritação terrível no espírito do exaltado soberano e novas calamidades iriam cair sobre o povo.

Vejamos o modo inteligente e original como agiu o bondoso vizir.

Uma noite, sem que ninguém percebesse, foi ao grande jardim do palácio e enterrou no chão — exatamente debaixo do banco onde o rei costumava sentar-se — uma caixa cheia de sedutoras moedas de ouro.

Passaram-se vários dias.

Certa tarde, depois de uma aventurosa e fatigante caçada, resolveu o emir Zaidan repousar à sombra das belas árvores que adornavam os jardins de seu palácio.

Sentou-se o monarca precisamente no pequeno banco de sua predileção. A pequena distância, em outro banco, achava-se o vizir Hazen.

O dia caía calmo e lentamente. Leve brisa agitava as folhas amareladas, que jaziam entre os seixos claros que forravam as alamedas.

De repente dois pássaros vieram pousar no galho de uma árvore próxima e puseram-se a cantar alegremente.

Mostrou-se o vizir, desde logo, estranhamente preocupado com os pássaros. Acompanhava, com a maior atenção, todos os movimentos das aves. Em dado momento pôs-se a rir; logo depois ficou muito sério e com trejeitos do rosto denotava imensa contrariedade.

Achou o rei profundamente esquisita a atitude de seu vizir e interrogou-o com um tom de desconfiança:

— Por Alá, ó vizir! Que estás notando de singular naqueles pássaros?

Assumindo atitude de quem se sente constrangido por se ver pilhado em falta grave, respondeu o vizir:

— Senhor! Vejo-me forçado a confessar um segredo que durante vinte anos, com o maior empenho, ocultei aos meus amigos mais íntimos.

— Que segredo é esse? — interpelou, com energia, o soberano árabe.

— Aprendi, ó rei, com um sábio hindu a complicada linguagem das aves e todas as expressões que elas usam quando se comunicam entre si. Posso servir de intérprete aos corvos, gansos e corujas. Os pássaros com os seus gorjeios falam, ou melhor, conversam com os outros e as frases que eles articulam eu as entendo muito bem.

Surpreendido com aquela extraordinária revelação, procurou logo o rei certificar-se da verdade. E perguntou ao seu digno ministro:

— E que estavam aqueles pássaros falando há pouco?

Tornou o vizir:

— Aquele passarinho cinzento escuro, que se acha agora no extremo do galho, narrava ao outro uma interessante peraltice praticada, nas margens de um lago, por um dos seus filhos. E eu achei graça!

— E que teria dito o outro? — insistiu ainda o monarca sem saber disfarçar a curiosidade que o espicaçava.

— O outro respondeu, ou melhor, gorjeou: "Ali está o nosso rei, tranquilo, sentado naquele banco e mal poderá imaginar que no chão, exatamente naquele lugar, se encontra enterrado um valioso tesouro!" — Depois de uma ligeira pausa o vizir prosseguiu muito sério: — Ora, isso é mentira — pensei. Como pode um pássaro, voando pelas alturas, descobrir tesouros enterrados na terra? Fiquei contrariado ao perceber que o pássaro pretendia divertir-se à nossa custa!

— Ele falou em tesouro! — exclamou com alvoroço o rei. — É espantoso! É preciso que nos certifiquemos de tudo, verificando se disse ou não a verdade.

Levantou-se imediatamente o monarca. E num tom imperativo de confiança mandou retirar o banco e determinou que os servos fizessem ali mesmo uma escavação. Dois ou três palmos, abaixo do solo, foi realmente encontrado um pequeno cofre com mais de cem moedas de ouro. Era a caixa que o vizir astuciosamente havia colocado, dias antes, para iludir o soberano.

Exultou o rei com o precioso achado.

O tesouro, não havia a menor dúvida, fora revelado pelo pássaro. Era certo, pois, que o vizir compreendia a linguagem da passarada inquieta.

Desse dia em diante o rei, convencido de que o vizir Hazen era um tradutor exímio de pios e gorjeios, não dispensou mais a sua companhia. Levava-o às caçadas, festas e passeios. E sempre que surgiam pássaros estranhos o ministro era intimado logo a traduzir todas as expressões canoras, pois o insaciável monarca esperava que outra vez viessem do céu a revelar a existência de novos tesouros perdidos no seio da terra.

O inteligente vizir — aproveitando-se da credulidade do rei — adquiriu um prestígio extraordinário.

Vários casos ocorridos posteriormente vieram, aliás, confirmar o dom maravilhoso do singular intérprete.

Um dia, por exemplo, durante uma jornada pelo deserto, o rei perdeu o seu rico punhal; o vizir Hazen, que vira a arma tombar, não disse nada ao monarca. Mas no dia seguinte — fingindo traduzir a frase de uma andorinha — indicou precisamente o lugar em que se achava o punhal perdido.

E assim, de dia para dia, o vizir reafirmava diante do rei as suas habilidades como tradutor de pássaros.

Vejamos agora o desfecho do caso.

Regressava certa vez, ao cair da tarde, o rei de uma excursão. Acompanhava-o como sempre o sábio vizir Hazen. Ao passar junto a um muro em ruínas o senhor da Síria avistou duas corujas.

Voltou-se o crédulo soberano para o seu ministro e disse-lhe muito sério:

— Gostaria de saber, ó vizir!, o que estão aquelas astuciosas corujas conversando.

Obediente à ordem que acabava de receber, parou o vizir e pôs-se em atitude de quem procurava ouvir atentamente uma palestra.

Súbito, porém, mostrou-se tomado de um indizível rancor. Saltou bruscamente do cavalo e apanhando uma pedra da estrada arremessou-a violentamente contra uma das corujas, bradando enfurecido:

— Miserável! Caluniadora! Que Alá castigue essa infâmia!

— Que é isso? — estranhou o rei. — Que disse a coruja?

Desculpou-se humildemente o vizir. As expressões proferidas pela coruja eram indignas de ser ouvidas.

O monarca, porém, insistiu:

— Exijo, ó vizir!, que me digas a verdade, seja ela qual for!

Ao ouvir a ordem enérgica do rei o vizir, com falso constrangimento, narrou o seguinte:

— A princípio as corujas falaram banalidades. De repente, porém, uma delas reclamou da outra: "Você prometeu à minha filha, como dote, sete cidades arruinadas! E onde estão essas cidades? Vejo muitas casas e castelos arruinados; mas cidades, reduzidas a ruínas e escombros, ainda não avistei nenhuma!" Respondeu a outra que parecia mais velha: "Tenha paciência, minha boa amiga. Dentro de poucos meses você terá não sete, mas setenta cidades arruinadas! Todo mundo sabe disto." "E sabe por quê'?", indagou a coruja mais moça. "Ora", acudiu a velhota, com ironia, "basta observar a forma inepta e criminosa como o rei Zaidan está governando a Síria. Esse emir é tão mau e tão perdulário que dentro em poucos meses reduzirá este belo país a um montão de ruínas."

— Ao ouvir tal injúria — prosseguiu o ministro — não me contive. Tomei de uma pedra e procurei logo castigar a coruja atrevida que proferia tão graves e injustas acusações contra o nosso bondoso soberano.

O rei Zaidan ouviu em silêncio a narrativa do vizir. As graves queixas — que o astucioso vizir atribuía à velha coruja — calaram profundamente em seu espírito. A ele, unicamente a ele, cabia a grave culpa de levar o país à ruína. Resolveu, pois, modificar a sua forma de administrar as coisas do reino. Reformou o seu ministério, escolheu bons secretários e orientado por judiciosos conselheiros aboliu os gastos inúteis, suprimiu os impostos extorsivos, ergueu novas escolas e construiu asilos para os pobres e hospitais para os enfermos.

O país foi conduzido, assim, para um largo período de paz e prosperidade.[1]

E a interessante legenda — que um hábil calígrafo traçou na mesquita de Umauê — refere-se, como já disse, ao nome desse rei Zaidan, que até hoje é lembrado com saudade pelos crentes e infiéis.

E o nome do dedicado e inteligente vizir Hazen? Não existe também uma legenda, com moldura de ouro, para recordá-lo? É inútil qualquer legenda, meu amigo. O nome do judicioso vizir Hazen, que soube levar o rei Zaidan ao bom caminho, está para sempre escrito com letras luminosas no céu deslumbrante da Síria.

Uassalã!

---

[1]A origem do conto intitulado "O intérprete das corujas" não oferece tema para discussão entre os estudiosos. Todos os folcloristas incluem essa narrativa entre as lendas mais antigas originárias da Síria. Vamos encontrá-la, sob uma forma bem diferente, e menos interessante, no romance turco Os *quarenta vizires*, do qual o escritor francês Pétis De Lacroix fez uma adaptação bastante curiosa que se intitulou *História da Sultana da Pérsia e seus vizires*.

É bem possível que a história subordinada ao título "As duas corujas", que figura entre os contos turcos, e na qual o herói é um certo vizir Khasayas, que viveu durante o reinado do sultão Mahmud, tenha inspirado, ao grande escritor Lesage, uma das páginas mais sugestivas da vida de Gil Blas. Para impressionar o terrível duque de Lerma recorre o astucioso Gil Blas ao velhíssimo artifício árabe de traduzir o áspero vozear das corujas.

Preferimos, porém, para essa lenda, a forma popular, mais simples e mais interessante, pela qual é ela narrada na Síria. Tivemos ocasião de ouvi-la do poeta Felipe Lutfalla, industrial em São Paulo, sob uma outra versão que envolve episódios bem curiosos. (B.A.B.)

O Flagelo

O velho árabe, depois de passar vagarosamente a mão áspera pela barba longa e hirsuta, voltou-se para mim e disse numa voz mastigada e grossa:

— Há coisas incríveis, meu amigo! Não nego. Há coisas incríveis! Eu, por exemplo, já vi, uma vez, mais de trinta homens, em pleno deserto, orando e implorando ao Onipotente a graça de um flagelo!

"Queriam todos que o simum varresse e arrasasse tudo! E quando, afinal, o flagelo chegou, puseram-se, todos, aos brados, a agradecer a Alá aquela graça espantosa!"

Olhei um pouco desconfiado para o xeque.

Estaria ele a tecer dislates de pura fantasia em torno de algumas de suas aventuras pelos desertos da Arábia? Quem teria imaginação bastante para aceitar, como verídico, aquele estranho episódio?

Homens que pedem, a Deus, um simum e que erguem louvores ao céu quando atingidos pelo flagelo mais temido e perigoso do mundo?

Percebendo em meus olhos a onda de incredulidade que me invadira o espírito, o velho resolveu narrar e esclarecer o caso.

E contou o seguinte:

— Quando voltávamos, há dois anos, da terceira peregrinação a Meca, nossa caravana foi forçada a procurar refúgio no pequeno oásis de Ozal, que fica no coração do imenso deserto de Roba-el Kali.

"Certa manhã, o astucioso chamir Farid El-Kotab, que chefiava o nosso grupo, mandou chamar a mim e aos outros xeques que o acompanhavam e disse-nos: 'Estou informado, meus amigos, de que Hassã Hammud, o bandido, com mais de duzentos beduínos, vem nos seguindo, a pequena distância, orientados pelo rastro que deixamos na areia.'

'Amanhã, ou depois, seremos alcançados e atacados. Qualquer tentativa de resistência será inútil. A nossa caravana será saqueada e as nossas vidas não serão poupadas!' E feita breve pausa o chamir acrescentou desolado: 'Seja tudo pela vontade de Alá, o Sapientíssimo! Só um tufão nos poderia salvar!' Ao ouvir tais palavras protestei enérgico: 'Insensato que és, ó chamir! Por que proferes o nome do Altíssimo no meio de blasfêmias? Em que sentido nos poderia auxiliar um flagelo capaz de matar os nossos homens e dizimar os nossos camelos?' Tornou tranquilo o chefe: 'Se ainda hoje cair sobre o deserto o simum[1], que desde ontem nos ameaça, estaremos salvos.'

'A violência do vento fará desaparecer da areia o rastro de nossa caravana. Será fácil iludir os bandidos que nos seguem e sem que eles percebam tomaremos o rumo dos cerros de Letã.'

"Reconheci, mais uma vez, que o chamir Farid El-Kotab, com sua longa experiência da vida no deserto, tinha razão. Se ainda naquele dia o simum varresse o deserto, matando e destruindo, estaríamos salvos. E à tarde, depois da terceira prece, o ar tornou-se mais quente e mais seco; o horizonte apresentou-se inundado por uma onda de cor vermelha como púrpura, que repintava a abóbada imensa do céu; rajadas violentas de um vento ardente e fétido erguiam, aqui e acolá, fantásticas colunas de areia.

"Era, afinal, o simum devastador que se aproximava.

"Aos primeiros sinais do vendaval os caravaneiros ergueram os braços e puseram-se a exclamar, tomados de imensa alegria: *'Allahur akbar! Allahur akbar!'* (Deus é grande! Deus é grande!) E era assim que eles agradeciam a Deus a graça daquele flagelo que vinha impetuoso em nosso auxílio!"

---

[1]O simum — Interessantes são os ensinamentos que Niebuhr incluiu em seu livro *Description de l'Árable* no capítulo relativo ao simum. (Tomo primeiro, pág. 11.)

Relatam os árabes trágicos episódios ocorridos nas regiões que são flageladas pelo vento terrível denominado "simum", ou "smiel", ou "sameli", segundo os diferentes dialetos.

Ocorre frequentemente o simum durante o período do verão, na época em que o calor é mais intenso. Em Meca, por exemplo, a direção da corrente é assinalada de Este para Oeste; em Basra o vendaval apresenta sempre a direção Norte-Oeste.

Como os árabes, que vivem no deserto, estão muito habituados com o ar puro, não suportam o "cheiro" do simum. "É um vento fétido capaz de causar náuseas num elefante", dizem. Quando o simum rompe na sua violência máxima a região do céu, nas vizinhanças da linha do horizonte, apresenta uma cor avermelhada; desloca-se o vento em marcha horizontal varrendo a colina, arrastando as pedras, derrubando as tamareiras, e erguendo, para as alturas, nuvens sufocantes de areia.

Os homens deitam-se no chão, com o rosto voltado para baixo; defendem-se, desse modo, da areia e das rajadas ardentes, que são extremamente perigosas.

"Ao passar o simum", narrou o capitão Haerter, "o calor era tão forte que eu tive a impressão de que havia sido levado para junto da boca de um forno imenso em plena atividade."

O Último Prato

A travessia do deserto do Shomer é longa, fatigante e perigosa. Bem sei, ó irmão dos árabes! Não importa. Alá é grande! Afrontemos todas as fadigas e perigos para que possamos chegar, com nossas caravanas, à famosa cidade de El-Riad, no coração ardente da Arábia.

Três são as maravilhas que o viajante deverá admirar quando repousar entre os muros pardacentos de El-Riad. Ressalta, em primeiro lugar, a formosa e inesquecível mesquita de Feisul (Alá a nobilite e a engrandeça cada vez mais!) feita de mármore preto com cinco mil e três arabescos em losangos vermelhos. Não menos admirável é o jardim das Sete Tamareiras, onde é cultivada uma planta rara e singular, denominada *madjid,* que não pode existir em outro clima. A flor avermelhada da *madjid* irradia, durante a noite, uma claridade tênue, balsâmica, que deslumbra os homens mais indiferentes aos aspectos fabulosos ou artísticos da natureza.

A terceira maravilha de El-Riad é a figura inconfundível do xeque Navedin Abdel-Latif.

Manda a justiça que o nome desse generoso muçulmano seja escrito, com a ponta de uma agulha, nos olhos castanhos de uma borboleta.

Essa homenagem dirá do valor do xeque muito mais do que todos os elogios que fossem aqui escritos, repetidos e sublinhados. Basta dizer que o grande Navedin Abdel-Latif (sobre ele a paz de Alá!) tinha a preocupação elegante e patriótica de hospedar principescamente, em seu palácio, todos os viajantes ilustres que chegavam a El-Riad.

Quis o destino que eu pudesse, certa vez, salvar o xeque de um embaraço muito sério.

Quer ouvir o caso?

Vou contá-lo:

Recebera o xeque, naquele dia, em sua casa, a visita de quatro mercadores que se achavam de viagem para a baía de Bahraim, que é, aliás, uma grande feira para o comércio de pérolas.

Poucos momentos antes do jantar, a residência do xeque foi inesperadamente invadida por cinco indivíduos, incorrigíveis parasitas, que pretendiam encher a insaciável pança à custa do bondoso hospedeiro de El-Riad.

Os manjares preparados não seriam suficientes para atender aos hóspedes da casa e aos intrusos de última hora. Expulsá-los do palácio seria medida pouco hábil; uma cena violenta, naquela ocasião, iria causar impressão desagradável aos nossos visitantes.

Apelei para o recurso de um estratagema, que pus em prática sem hesitações pueris.

Procurei aproximar-me discretamente dos parasitas e disse a cada um deles (sem que os outros percebessem), em tom muito confidencial:

— Espere pelo último prato! É uma iguaria digna do paladar de Maomé! Imagine só: Miúdos de crocodilo, com vinho de Chipre e azeitonas gregas!

Veio o primeiro prato — uma ótima fritada de carneiro. Os parasitas recusaram, fingiram-se indispostos. Não lhes apetecia o carneiro, pois pretendiam reservar a capacidade integral do estômago insaciável para os tais miúdos de crocodilo com azeitonas gregas. A mesma coisa aconteceu com os delicados manjares que se seguiram.

O xeque, que ignorava o motivo da incrível abstinência dos parasitas, ficou admiradíssimo quando os viu recusando os assados, os pastéis, as empadas e até o peixe em molho de manteiga.

E, afinal, o jantar terminou; os nossos hóspedes foram servidos fartamente, enquanto os indesejáveis intrusos, em jejum voluntário, aguardavam, com ares de abstração palerma, o maravilhoso prato prometido, que nunca mais apareceu.

Não vale a pena, meu amigo, fazer comparações; detesto os confrontos, que só servem para realçar os contrastes. Mas asseguro que muitos homens (à semelhança dos parasitas a que me referi) passam a vida em permanente jejum, na esperança vã de um sonho que nunca se realiza ou, melhor, de um prato que nunca aparece. Sacrificam a mocidade, deixam rolar o tempo e chegam, por fim, à velhice, aguardando uma iguaria que só pode existir na imaginação dos imbecis e dos famélicos: miúdos de crocodilo, com vinho de Chipre e azeitonas gregas![1]

[1]Os contos fantásticos que envolvem encantamentos de gênios (*efrites e djins*) formam uma grande parcela da antiga literatura árabe. Vamos encontrar em René Basset — *Mille et un contes arabes* — uma série de narrações e lendas que têm por tema central certas bruxarias que transformam homens em animais.

Apontemos, como exemplo, um pequeno trecho do livro das *Mil e uma Noites*:

"Logo que caiu a noite espessa fechei a loja, e regressei ao meu lar. Ao entrar na sala avistei dois cães presos a um canto. Quando eles me viram, levantaram, puseram-se a ganir e a puxar-me pelas vestes. Acudiu logo Iasmina, minha mulher, que me disse: 'Aí tens teus dois irmãos!" Indaguei assombrado: 'Mas quem os pôs neste estado?' Respondeu-me Iasmina: 'Pedi a minha irmã que é muito versada em feitiçarias...'"

Este livro foi composto na tipografia Bembo Std Regular, em corpo 11,5/16, e impresso em papel off-white 80g/m² no Sistema Digital Instant Duplex da Divisão Gráfica da Distribuidora Record.